[百花谭文丛]

陈子善·主编

甘棠之华

周立民／著

天津出版传媒集团

百花文艺出版社

图书在版编目(CIP)数据

甘棠之华 / 周立民著. -- 天津：百花文艺出版社，
2014.8
(百花谭文丛)
ISBN 978-7-5306-6455-1

Ⅰ.①甘… Ⅱ.①周… Ⅲ.①散文集–中国–当代
Ⅳ.①I267

中国版本图书馆CIP数据核字(2014)第153700号

责任编辑:刘　洁　徐福伟
装帧设计:郭亚红　责任校对:陈　凯

出版人:李华敏
出版发行:百花文艺出版社
地址:天津市和平区西康路35号　邮编:300051
电话传真:+86-22-23332651(发行部)
　　　　　+86-22-23332656(总编室)
　　　　　+86-22-23332478(邮购部)
主页:http://www.bhpubl.com.cn
印刷:天津市银博印刷技术发展有限公司
开本:787×1092毫米　1/32
字数:93千字　图数:59幅
印张:8
版次:2014年8月第1版
印次:2014年8月第1次印刷
定价:29.00元

目 录

小引

巴金先生本名李尧棠，字芾甘，取自《诗经》中《召南·甘棠》首句"蔽芾甘棠"。这是一首赞美召伯的诗。据说，召伯曾在这棵树下听讼断狱持正不阿，后人为了追忆他才做这首诗。召伯是周文王的儿子，与周公旦同时辅正成王。这首诗教导后人追慕先贤遗风，寓意深远。

借用"甘棠之华"的诗意，我写了一组文章谈巴金的著、译、编以及与之有关的书。它们长短不一，以闲谈为主，论文不在此列。巴金先生的著译甚多，编的书更多，写一本"巴金书话"之类的书一定很有意思，也可以为学术研究提供一点边角料，可是我做事情向来是兴之所至、自得其乐，既没有雄心壮志，又无法完成系统计划，所以也不敢随便树雄心、立壮志，只能信马由缰，到什么山唱什么歌。

在电脑中检出 2007 年 9 月 16 日所写的一段话，多少道出写"甘棠之华"的一些想法，不妨录下来，希望这本书算是初编，以后能够有机会再写二编三编甚至更多：

　　去年曾经托友人请西塘的邬燮元先生刻了一方印："甘棠之华"，准备钤在我所藏的巴金著译和有关巴金的各种图书上，因为我无意中发现自己的这两部分藏书已经很可观了。但我非收藏家，甚至当收藏家的念头也不敢有，因为要想搞收藏，一得有钱，二得有闲，三得有存放的空间——这都是我们无产阶级玩不起的雅事。更何况我还不时犯葡萄酸，对那些把只要是名人用过的随便什么旧纸片都当宝贝，得了个什么版本都视为秘籍一样神秘兮兮的人——说实话，有几分不屑。再坦白一点说，我的有关巴金的藏书中似乎并没有什么价值连城的"珍本"，相反，它们大多都很普通，是一个读书人在市面上都能买得到的。曾看过冯棉的文章《家父冯契》，其中说："父亲酷爱读书，买书是他的一大喜好。……家里有五只大书架，因书太多，只能分里外两层摆放……父亲购书重在实用,都为研究哲学而买。我的大舅舅、版本学家、北京图书馆善本部主任赵万里先生来我家翻阅了父亲的一书架线装书之后,所作的评价是:没有收藏价值。"相信我的书让藏书家来看准能得到同样的评价,不敢攀冯契先生的高枝儿,也不是要拿着什么做学问的样子去吓唬人。"没有收藏价值"还收了这么多,仅仅是喜欢而已,这不用多解释,见了好书,所有读书人都管不住自己;再者承蒙一些老师和朋友的厚爱,隔三差五赠我一二;还有一个特别的情况:巴金先生常常修改自己的著作,这令我少不得要多备几个版本或者多到图书馆、师友那里去查查。

"没有收藏价值"的书,我却非常珍爱它们,那是朝夕相对,日久生情,敝帚也知自珍,何况它们都是巴金先生的书。再说,每本书都有着我情感和生活的印记,如同人生旅程中的一个路标,翻开它们往昔岁月历历在目。所以,我认为书的珍贵不在它是用金箔还是羊皮做的,不在于它是传世孤本还是海内仅存,而在于读这本书的人与它的文字、纸页间的心灵感应和情感记忆。我要写的这组"甘棠之华",也正是在打捞这些记忆。

周立民

2013 年 12 月 9 日晚于竹笑居

辑 一

《激流》漫谈

《家》繁体字纪念本

　　《激流三部曲》(《家》《春》《秋》)的版本太多了,每本书背后都有很多故事,真要谈起来,还真有"一部二十四史不知从何说起"之感。那么,还是从最新出版的一本《家》谈起吧。为了纪念《家》出版七十五周年,上海巴金文学研究会策划、香港文汇出版社推出了一本繁体字纪念版的《家》,这本限印六千册并逐本编号的《家》,无论是从内容,还是从装帧上都有着自己的特点,颇值一说。

　　几年前,在中国现代文学馆查阅资料的时候,曾见过开明书店为巴金先生制作的特装本《家》《春》《秋》,它们都是用绸缎做的封面,典雅、大方,兼具中西书装之美。这批数量不多的特装本是专门为作者赠送亲朋而特制的,并不在市面上流通。捧着这样的书,我当时就心中一动,像

《家》这样印行数量巨大、影响了几代读者的新文学名著为什么不能有几种装帧精美、印制精良的特装本,给喜爱它的读者作为珍藏或馈赠之用呢？我手上的《家》,不论是平装本还是精装本,印制得都很一般,有的用纸也很粗劣。后来看到过人民文学出版社1980年第二版印刷本的《家》《春》《秋》特装本,深蓝色的布面精装,也算大方得体,巴金在二十世纪八十年代曾拿它作为礼品赠送过人。这个本子不知道印了多少,内文的纸张很一般。我还看到过一个精装本,是1989年印刷本的《激流三部曲》精装本,也算做得比较好的了。较近的一次是用2005年后的印本制作的,用的是蓝布面,内芯就是平装本的芯,书脊装成如同笔记本一样平,翻起来与市面上劣质的精装书感觉没有什么不同。这书大概市面上也没有卖的,向作者的家属打听,说是出版社共送了他们三十套,或者总计就做了这些？《家》已有几百万册的印刷量,现在的印刷技术、制作工艺、纸张质量都远远超过了往昔岁月,但图书的制作水平长进不大,实在令人耿耿于怀。

也是那次在中国现代文学馆,我还发现了另外一本精装本的《家》。素白的封面上一个菱形的红方块,中间是隶书的墨黑书名"家",下面是巴金的手写签名(后来才发

刘旦宅先生为《家》所绘插图

现，这本《家》还有一个护封，以刘旦宅先生的插图为背景，画面是觉慧和鸣凤在梅林中交谈的场景；封面的下角是一个红色的隶书"家"，也有巴金的手写签名），版权页上标着："1962年1月北京第1版，同月北京第1次印刷。"这是配有刘旦宅彩色插图的一个版本，这本书上有巴金赠送给他弟弟李济生的题签，不知怎么又讨回（或者未送出）捐赠出来了。扉页上还有巴金的两行字"这是唯一的中文插图本 金"。看到这两行字，我当时就愣住了，在我的想象中，《家》这样的书应当根据不同的读者需要有不同的开本、装帧、印制方式，出版社从一个主品种的书可以开发出不同的副产品。可是中文插图本就印过一次？我几乎有些不相信，巴金写着的"唯一"似乎是在叹息，也能够看出他对于这个插图本的珍惜。刘旦宅先生的插图很有特点，倒是外文出版社出版的《家》的英文版、阿拉伯版等外文版本都用过，而且我们发现刘先生同一情景实际上画过两套细节和风格均有差别的插图，这个问题容我另外再谈。我想说的是，那天翻着这本书，我很受震动，当时就想，要是有一天能够重印这插图本，让1962年印本不要成为"唯一的中文插图本"该有多好啊！

这个愿望，终于在各方面的支持下于今年有了实现的可能。繁体字纪念版的《家》前面配有多幅珍贵的照片和手迹;巴金曾数次修改过《家》,故内文也曾考虑过用初版本或做文字校勘,但这些都是巴金生前所反对的,因为他认为修改本的《家》比初版本在艺术上要完善得多,印书最重要的是要尊重作者的意愿,至于研究者为了研究去查考版本,做这样的功课也是理所应当。附录中收录了巴金为《家》各版本写的前言后记,各种外文译本写的序跋,以及谈《家》创作情况的几篇文章,有助于读者更深入地了解这部书。最为值得一提的是,以手稿的形式在附录中收入了写于1928年的《春梦》残稿。巴金先生曾回忆:"为我大哥,为我自己,为我那些横遭摧残的兄弟姊妹,我要写一本小说,我要为自己,为同时代的年轻人控诉、申冤。1928年10月回国途中,在法国邮船(可能是"阿多士号",记不清楚了)四等舱里,我就有了写《春梦》的打算,我想可以把我们家的一些事情写进小说。"后来写《激流》(后改名《家》)的时候,巴金才决定将《春梦》改为《激流》,"我不是在写消逝了的渺茫的春梦,我写的是奔腾的生活的激流。"(《关于〈激流〉》)《春梦》是想仿照左拉《卢贡—马加尔家族》的写法写成一部连续性的小说:

在那个短时期里,我的确也写了一点东西,它们只是些写在一本廉价练习簿上面的不成篇的片段。我当时忽然想学左拉,扩大了我的计划,打算在《灭亡》前后各加两部,写成连续的五部小说,连书名都想出来了:《春梦》《一生》《灭亡》《新生》《黎明》。《春梦》写杜大心的父母,《一生》写李静淑的双亲。我在廉价练习簿上写的片段大都是《春梦》里的细节。我后来在马赛的旅馆里又写了一些,在海轮的四等舱中我还写了好几段。这些细节中有一部分我以后用在《死去的太阳》里面,还有一大段我在三年后加以修改,作为《家》的一部分,那就是瑞珏搬到城外生产,觉新在房门外捶门的一章。照我当时的想法,杜大心的父亲便是觉新一类的人,他带着杜大心到城外去看自己的妻子,妻子在房内喊"痛",别人都不许他进去。他不知道反抗,只好带着小孩在院子里徘徊;他的妻子并不曾死去,可是他不久便丢下爱妻和两个儿子离开了人世。(《谈〈新生〉及其他》)

其他几部小说的内容,巴金也已经构思好了:"《春梦》写一个苟安怕事的人终于接连遭逢不幸而毁灭;《一生》写一个官僚地主荒淫无耻的生活,他最后丧失人性而发狂;《新生》写理想不死,一个人倒下去,好些人站了起来;《黎明》写我的理想社会,写若干年以后人们怎样地过着幸福的日子。"(《谈〈新生〉及其他》)可小说并没有写下去:"但是我回国以后,始终没有能把《春梦》和《一生》写成。我不止一次地翻看我在法国和海轮上写的那些片段,我对自己的写作才能完全丧失了信心。《灭亡》的发表也不能带给我多少鼓励。我写不好小说,便继续做翻译的工作。"(《谈〈新生〉及其他》)就这样,除了上面提到的用到其他小说的情节,当年写下的文字就沉睡在这本廉价的笔记簿上。不过,巴金的大部分想法在《激流三部曲》和《憩园》中都写出来了,只差一部《黎明》(《群》)多少次计划要写也未能动笔。

　　《春梦》残稿历经劫难保存下来,实在是一件幸事,稿子的第一页有巴金的说明:"《春梦》(一九二八年计划写的中篇小说残稿)　一九九一年二月三日"这次以影印的方式而不是整理成文的方式附在书后,正是为了存真,让读者看到八十年前原汁原味的作者创作心迹。对于很多普通读者,看看手稿体味一下就可以了,未必太在意具体的内容;至于研究者,相信都具有识读手稿的能力,所以,我们并没有将手稿整理成文。从保存下来的这部分手稿看，主人公的名字作者尚未确定，初以"杜△△"代替，后来才出现"杜大心"，到最后一章，又出了个"杜奉光"。手稿中还能够看出巴金早年的创作习惯，如同《灭亡》一样，这个小说也不是依据情节连续写成的，而是先写成片段，上面还有"以后再作一两章"这样作者备注的话。现有的这几个片段，开头是主人公欲投湖的心理描写，后来被家人劝解，家人劝道："你不能为你的妻子而死，你要娶妻生子，光耀你的门第，振兴你的家业。"接下来一章写的是主人公生病，表妹张文莲悉心照顾他，及二人的情感交流，但这种照顾又受到家族中他人的非议，表妹只好离他而去。最后一个片断是"春妹"患病将死，"杜奉光"去探视，两人生死告别的场景。后面一部分手稿，是用铅笔写的。整篇残稿，文字给人以凄婉、哀伤的调子，正如巴金说的"写消逝了的渺茫的春梦"，大约这种调子也是巴金后来所不喜欢的，所以没有写下去，但是残稿对于了解巴金的早期创作，乃至研究《激流三部曲》的构思过程、写作变化等有着重要的价值和意义。

最后，还要透露一个秘密：计划中的繁体字纪念版的《家》本来全部是精装，而且配有制作考究的木盒。但这套制作工艺极其复杂,在纪念《家》出版七十五周年的学术研讨会召开之前,实在来不及制作完成,最后决定,先制作两百册特装的平装本（编号为5801—6000）以馈赠与会贵宾,这无意中又给这部书多贡献了一个印本。哈哈,相信搞收藏的朋友对此或许更有兴致。

2008年10月6日于竹笑居

南国版和天地版《激流》

在海外行销量较大的繁体字版《家》《春》《秋》,当属香港南国出版社印行于二十世纪五六十年代的版本和香港天地图书公司自二十世纪八十年代至今仍在印行的版本。

南国出版社在二十世纪五六十年代出版了巴金一系列的小说和作品集,版式都差不多,《家》《春》《秋》三本也属这个系列,封面用两种色调上下分割,《家》的上三分之二是浅绿色,靠书脊一侧粗宋体写着"巴金著",下三分之一是墨绿色,横印"香港南国出版社"。《春》《秋》两本封面差不多,上鹅黄,下墨蓝。这套书版权页上都没有标明出版日期,可能多次翻印。如《家》的版权页写着:

家　定价港币八元八角

著作者:巴金

出版、发行者:南国出版社

　　　　香港德辅道西 292 号 A 二楼

印刷者:联合印刷文具公司

红磡民裕街 36 号荣业大厦九楼 B 座

电话:3-638211-2

　　其实,这标着"版权所有,翻印必究"的书也是未经作者授权的"租型本"。对于此事,余思牧先生曾经有过介绍:"'南国出版社'自 1952 年以来,即一直通过'三联书店'租用前'开明书店'战前版的巴金散文集、小说集的纸型来印行于海外,销途颇广,成了海外专门出版巴金著作的出版社。"①据余先生介绍,南国出版社的负责人是林永铭、郑

---

① 余思牧:《巴金致余思牧的二十七封信》按语,《作家巴金》[增订本],香港利文出版社 2006 年版,第 775 页。

应彬两位先生，二十世纪六十年代余思牧先生曾兼职该社，为其主编语文丛书。大约是在与余先生通信中，巴金先生得知香港租型印行他的作品后，在 1961 年 7 月 13 日致余思牧的信中表达了他的态度：

> 我不希望用旧报纸型重版我的旧著。我特别不喜欢用开明书店纸型重印的那几本，我早在开明书店结束的时候就对该店的负责人讲过将那些纸型作废。因为那些纸型错字多，不妥当的字句也多，例如《海行杂记》还是一九二七年初赴法途中写的，那时我不过二十二岁多。一九三二年虽然做了些文字上的改动，但是还有许多毛病。现在印出这个版本，对谁都不会有好处。请转告南国出版社，以后千万别再用开明书店的纸型重版我的任何一本旧作。至于别的书，暂时用旧纸型重版也不要紧。(其实《家》《春》《秋》中改动也很大。有些缺点我自己已改正了，港版还一直替我宣传，我心里总不大痛快。)

差不多一年后，在 1962 年 5 月 20 日致余思牧的信中，巴金再次表达了这一意愿：

《家》《春》《秋》将来如重排，我仍希望能依照《文集》本。我指的是内容，不是排版格式（我倒喜欢排直行）。文集本《家》字数可能少于旧本，因此排工不会超过旧本。文集本《春》比旧本虽多了一章（《秋》[《文集》本]多了两章），但字数增加并不超过一万（《春》只增加四五千字）。旧本中有不少冗长的句子，我很不喜欢，"底"字太多，我现在看到也不舒服，此外还有些缺点，我实在不愿意让旧本流传下去。

但香港的出版社为了节省成本吧，一直没有按照巴金的想法另排，还有竟成书局盗印巴金的作品，甚至胡编滥造把一些不是巴金的作品编在巴金名下。余思牧说："他再一次谈到对其盗印书及旧纸型的不满，他给当时的文化部出版局交涉过，可能没有什么效果。所以他虽然不愿意让人再印他自己早已删改了的文字出来广为传播，可是，直到1986年的今天，那些'开明'版的旧纸型仍然销数盖过新版《巴金文集》在海外广为流行……"①尽管如

---

① 　余思牧：《巴金致余思牧的二十七封信》按语，《作家巴金》[增订本]，第794页。

此,我们还可以说,南国出版社翻印巴金的作品在特殊时期满足了海外读者的阅读需要,对于传播新文学作品起到了积极的作用。更为难得的是,在"文革"期间,南国出版社翻印了十四卷本《巴金文集》,成为海外最大规模的巴金作品集的翻印。"直到1970年,文化大革命闹得天翻地覆,巴金著作在香港国营书店中绝迹。其实当时不只巴金的书被禁售,绝大多数的文史著作,包括人民出版社印行的中共代表会议报告或国务院总理的政府工作报告,也全部禁售,书橱上空空如也,香港的读者猜不透是怎样的一回事。人们还不知道巴金先生在国内正被揪出干校到处去批斗。在这个'横扫一切牛鬼蛇神'的空前巨变的时候,南国出版社却重印了巴金先生新中国成立后细心地修订和校正过的十四卷本《巴金文集》,发行于海外广大地区,作为我们对巴金先生的关注。……我们重印《巴金文集》是真的在表示抗议。海外的读者,包括日本的读者,都抢购这套《巴金文集》,以示爱戴及肯定巴金、重视及珍惜中国新文艺。"[1]巴金后来也为自己在遭受非人的待遇时,海外读者能够通过这套文集阅读他的作品而感动。

---

[1] 余思牧:《巴金致余思牧的二十七封信》按语,《作家巴金》[增订本],第789页。

以改订本付排，巴金的这个心愿终于在 1985 年香港天地图书公司推出的《家》中得以实现。巴金为这个新排本特意写了新序，在序言中，他说："我只提出一个要求：新版一律根据作者最近的修改本重排。我并没有改变自己的看法，我仍然主张著作的版权归作者所有，他有权改动自己的作品，也有权决定自己作品的重印或停版。我一直认为修改过的《家》比初版本少一些毛病，最初发表的连载小说是随写随印的。我当时的想法和后来的不一定相同，以后我改了很多，文字和情节两方面都有变动。"(《为香港新版写的序》)

作者的观点很鲜明，希望读者能够读到作者最后或最完美的修改本。关于《激流三部曲》的修改，我以前曾谈过，此不赘述。我的感觉，随着作者阅历的增长、写作技巧的熟练，修改本的确比以前的本子增色不少。至于修改本中体现出的时代痕迹，我认为这不可避免，人是活的，作者不可能不呼吸外界的空气，这些也都会自然而然地反映到作品中去。至于作者的修改是不是为了趋时而伤害了艺术，这些作为学术问题都值得讨论。不过，对于一些研究者如同处子情结般地崇拜初版本，我却不能无条件赞成。一是，我们没有权力阻止作者的修改，毕竟那是作者

香港天地版《激流三部曲》书影

的创作，他的想法改变或者他认为需要修改，那么这部书的创作就没有终结。至于越改越好，还是反不如前，那是另外一个问题，读者可以进行比较，也可以根据比较的结果选择不同的版本。不排除作者最初创作时不成熟，在后来的修改中逐渐成熟的情况，修改了不下八次的《家》应当就属此例。二是，学术研究和普通读者的需求未必一致，普通读者未必关心初版本、再版本，倒可能要求艺术上更成熟的本子或代表着作者最终意见的本子，至于研究者要研究初版本、对比各版次的差别，写文学史依据初版本等等那尽可以去做，在这一点上，大可持开放的态度，不能作者一改作品就仿佛犯了不赦之罪似的的。

　　天地图书有限公司版（香港版）的《激流三部曲》，已经印行二十多年了，我以前曾见过，但一直不曾买到。大约是在半年前，从孔夫子旧书网上订购了一套，可算是迟来的欢喜。此书设计朴素大方，封面用的是水禾田拍摄的一幅巴金肖像，页面上端是镂白的"家""春""秋"的大字和横排的"巴金著"的小字，衬托三本书书名的色块分别是红、绿、黄，与书名的意义相对应。现在得到的版本信息是这样的：《家》，1985 年 10 月初版，1991 年、1994 年、1998 年均曾重印，定价：港币二十二元。我所见最后一次印刷是

2008年,定价已经是港币六十五元了。《春》,1987年1月初版,1989年、1994年曾重印,定价:港币二十五元;2005年印本,定价港币六十元。《秋》,1987年5月初版,1989年、1990年、1995年曾重印;2000年印本,定价六十五元。

关于繁体字版《激流三部曲》,巴金还有个心愿至今没有实现,他在1961年12月11日致余思牧的信中说:"我上次过香港时看到一些袖珍版的翻译书,如《复活》等,都是根据国内的译本重排的。因此我想如果根据新版排印一种《激流三部曲》的袖珍本,售价一定比旧本便宜。"多少年了,中文本"激流"印了那么多次,居然没有出过一个方便携带的袖珍本,倒是日文和法文出过袖珍本,作为把印刷术列为四大发明的文明古国的后代,真为这种在文化工作中越来越粗劣、只知赚钱的作风感到无地自容。

2009年2月14日下午

《家》的初版本

我没有想到如今找一本《家》的初版本竟然是那么不容易。平常我用的都是上海文艺出版社《中国新文学大系》重新排印的初版本《家》,直到去年在整理《激流三部曲》版本图录的时候，才想用一下原本。可是，在沪上几个大图书馆的目录检索中都找不到初版本，没有办法只好托李存光老师在北京找，他说国家图书馆一定有，二十世纪八十年代他还去拍过图片。不料，目录中检索不出，不知什么原因。而在中国现代文学馆所藏的多种版本《家》中，也找不到初版本。这时候，我有点慌了。我记得八十年代《新文学大系》重印时，巴金曾经说过这样的话："去年上海文艺出版社编印《新文学大系》(第二个十年)，在《小说专集》中收入我的《家》，他们一定要根据一九三三年开明书店的初版本排印，花了不少工夫居然找到了印数很少的初版本。"(《为旧作新版写序》)这说明：一、巴金当时自己手头都没有初版本；二、初版本印数少，很难找。二十多年过去了，会不会我们再也找不到？看来，现代文学史料的整理和保存工作真应当引起高度重视了。但功夫不负有心人，不久，存光老师兴奋地说：在北京大学图书馆找到了初版本。(这个经过请见李存光《寻访〈家〉的初版本》一文。)后来去查对，这还是当年中法大学图书馆的藏品，品相一般——这是做《家》版本图录最为苦恼的事情，这书可能当年太流行了，公共图书馆所藏的几乎都是被人翻破了的本子。

《家》初版本封面设计者莫志恒曾这样描述:"巴金的《家》(再版本),据作者说,是'激流'三部曲之一,所以我把'激流'二字放大占封面四分之三面积,以细点空心字印橘红色,上面套印一个'家'字、'巴金著',都写美术字,黑墨印,封面用白色。"①书的版权页写的是:

民国廿二年五月初版发行
实价大洋一元七角
发行者:杜海生
印刷者:美成印刷公司
总发行所:开明书店

在版权页的下角有小字:"小294"。我不清楚这是什么,是开明书店出版的图书编号?因为在后来几次印刷中,它变成:"说294",是否表示小说类第294号(种)?

初版《家》的内容已经有很多人谈过,我就不多谈了。

《家》的第二版,与初版本属于同一体系,内容没有什么变化,实际上就是现在说的第二次印刷,是在1933年

---

① 收孙艳、童翠萍编《书衣翩翩》第390页,北京三联书店,2006年9月版,"再版本"系作者误记,详情请参见上述李存光文。

11月,恰好初版半年后重印。这个版本,倒是很多图书馆有藏,上海图书馆的藏本扉页还盖了个"胡德泉"的红章,不知何许人也。巴金本人也藏有重印本,扉页上有他直行所书"赠现代文学馆 巴金 (一九)八三年八月"。最有意思的是这本书原本是黄源先生(字河清)的,后来怎么到了巴金手中就不得而知了,因为在全书后记页(第六百五十六页)结束的空白上,有黄源用钢笔写下的一段话:

一九三四年八月二十九日和巴金同往开明,他买了此书送我,我费了三天看完了。读完此书,我对他似乎更认识一点。

河清 九月一日

在这段话后面,是巴金晚年用水笔写下的小字:"看到河清的字,感到亲切。"应当是五十年前的往事了,这本书和这段话一定又引起巴金很多青年时代的回忆。

第三版的《家》印于1934年9月,版权页上发行者改为:章锡琛。其他的没有变化。而巴金自藏的第四版的《家》,可以说是一本特别珍贵的版本,主要是因为上面有

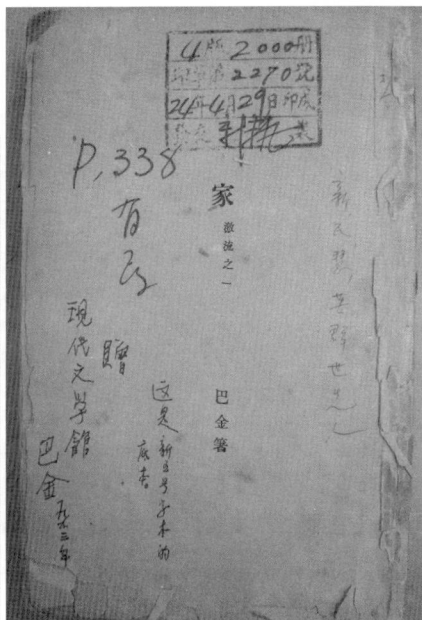

《家》第四版书影及巴金题词

很多巴金的修改，正文前的空白处还有为了修改所做的很多功课,应当是研究《家》的版本历史最为难得的一份资料。此本是 1935 年 4 月发行，实际上是巴金修改的底本。在该书封面上，巴金写道:"这是第四版","十版代序缺"。扉页上有一个蓝色的条形章,作为《家》的印刷记录帮我们解决了不少具体问题,这个印章的内容是:

4 版 2000 册

印单第 2270 号

24 年 4 月 29 日印成

发交:新艺装

因为好多人关心《家》的印数,初版本已经没有记录,根据当时印书的常例估计是 1000—1500 册,而这一本却清楚了,连内文印成的时间都有了,太难得的记录了!

同在这一页上,还有"P338 有改"的字样,不知道是不是作者所书。巴金倒是在捐书时于本页写下:"这是新五号字本的底本",并同样写到:"赠现代文学馆　巴金一九九三年"。巴金不是在每一本赠给现代文学馆的书上都有题签的,而这样的题签足见出他对该书的珍惜。在"激流"

总序的最后一页,还有一个大大的"金"字,巴金很多自存本上才有这样的署名。更为难得的是,在本书的版权页后面的两页广告页上,巴金于晚年还写下了《家》的几次修改记录:

三次五版;五次孤岛版;七次文集版

(一九)三七年底根据新五号本清样重排;八次改订本应当是四川十卷选集的底本。

根据巴金在《关于〈激流〉》一文中的提示:

《家》第一次修改:"1933年我第一次看单行本的校样,修改了一遍,第三十五章最后关于'分家'的几段便是那时补上去的,一共三张稿纸。"

第二次:"1936年开始写《春》,我又读了《家》,做了小的改动。"这就是后来印出的第五版,(故上面巴金说"三次五版"是否有误?)该本于1936年4月出版。

第三次:"1937年上半年书店要排印《家》的新五号本,我趁这机会又把小说修改一遍,删去了四十个小标题,文字上做了不少的改动,欧化句子减少了。这一版已经打好纸型,在美成印刷所里正要上机印刷的时候,'八一三'日军侵沪的战争爆发,印刷所化成灰烬,小字本《家》永远失去了同读者见面的机会。"

第五次:"这年年底开明书店在上海重排《家》,根据的就是这一份清样,也就是唯一的改订稿。我一边看《家》的校样,一边续写《春》。"这就是巴金所说的"孤岛版",也是《家》的第十版,于 1938 年 1 月出版,是"(一九)三七年底根据新五号本清样重排"的。

第六次:"建国后人民文学出版社愿意重印《家》,1952年 10 月我从朝鲜回来,又把《家》修改了一遍才交出去排印。这次修改也是按照我自己的意思。"

第七次:"1957 年开始编辑《巴金文集》,我又主动地改了一次《家》,用'的'字代替了'底'。"

第八次是 1980 年 11 月的改动,"上个月的修改,改动最少,可能是最后的一次了。"四川人民出版社十卷本《巴金选集》就依据这个底本。

这样排下来,有一个问题,就是第四次修改是什么时候?或者,巴金与我们上面排列的次序不一样,他把初稿算作一稿,初稿后的修改(或者算二稿)看作是第二次修改(即 1933 年排印单行本时的修改),这样我们排列的次序与他写的才是吻合的。

《家》有这么多版本，可见作者对它的珍惜。至于作者本人则多次表态，他不认同初版本定乾坤的做法，对于《新文学大系》用初版本印刷，他持保留意见：

> 他们这样做，大概是为了保存作品的最初的面目。但是我的情况不同，作品最初的印数不多，我又不断地修改，读者们得到的大多是各种各样的改订本，初版本倒并不为读者所熟悉，而且我自己也不愿意再拿初版的《家》同读者见面，我很想坚持一下不让初版本入选，但是后来我还是让了步。我想："不要给别人增加麻烦吧，它既然存在过，就让它留下去吧，用不着替自己遮丑，反正我是边写边学的，而且《新文学大系》又不是给一般读者阅读的普通读物。"作品给选进《新文学大系》，戴上"文学"的帽子，当然要受"体例"等等框框的限制。（《为旧作新版写序》）

这里巴金其实也提出了一个问题，即如果考察《家》的历史形态，仅仅依据初版本也是不够的，如他所说："初版本倒并不为读者所熟悉。"

但在今天初版本这么难找的情况下，我倒想：亏得还有一个《新文学大系》。

2009 年 10 月 7 日夜

《家》连环画

去年为了纪念巴金先生诞辰一百零五周年，上海人民美术出版社重印了画家徐恒瑜所绘的《家》连环画。这书以前一位老师曾借我看过，是 1985 年四川美术出版社出版的，蓝色的封面，方方的大本，背景绘得很精细，人物都是细长地规规矩矩地置放在线框中。连环画，我们叫小人书，自然是我们这代人童年中不可或缺的物件，当年斗大的字不识一个的时候，对着图依旧连编带蒙绘声绘色给小朋友讲火焰山、牛魔王、铁扇公主，讲大闹天宫，讲林冲、鲁智深，讲瓦岗寨、罗成、秦琼、李元霸，讲铁道游击队……不用说，我非常喜欢那种线条清晰、勾勒清楚的连环画。我买的最后一本小人书是《霍元甲》，一来已经上小学三四年级，开始更多阅读纯粹的文字读物了，另外，不能忍受传统连环画的那种工笔的线描功夫的彻底丧失，画一个人不要说没有表情，连面部的轮廓都弄不清楚（大有当今日本动漫的恶俗——请原谅），实在目不忍睹,从此我就告别了连环画。而徐恒瑜的《家》虽然比传统的连环画已经有了画家更为个性的笔法,但不脱那种趣味,所以看起来总还顺眼。

再细看,我特别喜欢作者那种精致的背景勾勒功夫,无论是花草树木,还是房屋建筑,非常细密,大胆地占据着画面的大部分,相比之下,画面的一角才是人,人之渺小和无力决定自己命运的悲凉被画家的这种构图完美地表现出来了。画家自述中说:"……我采用封闭式构图,刻板凝滞的线条,麻木胶滞的人物,以及压抑、沉闷的背景来体现即将崩溃的前夜。"此次重印,是标准的三十二开精装本,拿在手里正合适。更为难得的是有五个场景的画面作者曾精心画过五幅彩色工笔,1984年还获得了第六届全国美展铜奖,原作为中国美术馆收藏,此次重版,这五幅画以画片的形式附于书中。看梅林中的觉慧和鸣凤,廊柱下孱弱的梅,相拥而泣的觉新和瑞珏,正襟危坐的高老太爷和冯乐山,少城公园中指点江山青年男女们……这一幅幅画面带着我们去回顾那经典的遥远的故事,让我们觉得他们的声音和身影又如在眼前。一个星期天的上午,我又一次翻看了这本连环画,如同在重温童年的旧梦,是啊,多少年过去,当年读小人书的情景如在眼前。

其实这套连环画在 2003 年 8 月还曾印过一个两册线装的收藏本,十六开,外有缎面的函套。说实话,我不大喜欢这个"豪华本",总觉得没有小人书的感觉,就像穿惯了粗布的农家小孩,突然给了他绫罗绸缎,他会浑身不自在的。上海人民美术版新印本印了三千册,去年开会的时候,我们买了一千册,没有想到没几天就发现几乎被人要光了。我慌忙跟出版社联系再买,没想到得到的回答是:全发完了。这么快,不到一个月啊!原来有那么多人喜欢连环画!或者仅仅是为了那个放不下的童年梦买来收藏?幸好,最近他们又加印了一些,这次不敢怠慢赶紧下手。

　　据说另外一本连环画才珍贵呢,那就是钱君匋编、费新我绘的《家》连环画。我不收藏连环画,还是那位老师借给我的。此书是由上海的万叶书店在孤岛时期出版的,版权页上印"1941 年 7 月 30 日印刷,8 月 20 日初版,国币一元二角"。万叶书店,1938 年 7 月由钱君匋、李楚材、陈恭则、陈学綦、顾晓初、季电云等每人出资一百元创办的。最初店址在天潼路宝庆里三十九号,后期迁到南昌路四十三弄七十六号。钱君匋任经理兼总编辑。书店主要出版算术、美术、音乐方面的教材,如《小学活页歌曲选》《儿童画册》《子恺漫画选》等。文学方面,还出版过月刊《文艺新

费新我绘《家》连环画书影

潮》,由钱君匋、李楚材、锡金主编。同时出版过"文艺新潮丛书",收有巴金的《旅途随笔》、丰子恺的《率真集》、靳以的《希望》,以及茅盾、李广田、王西彦等人作品。抗战胜利后,以出版音乐读物为主。1946年改组为股份公司,费新我任董事长,1954年迁北京,改为音乐出版社。①钱君匋和费新我都是当今受人追捧的闻人,大约这也是本书受追捧的原因。我喜欢这本书首先是细节上比较讲究,淡绿色的封面上,一个红红的"家"字特别醒目。主画面是一只巨大的蝙蝠,张开大爪子扑向一张小小的古琴,琴边写着"五千"两个字,大约代表着五千年的文明,一股危在旦夕的紧迫感油然而生。扉页右页是费新我1940年为巴金画的像,戴着眼镜,目光向下看着,似沉思,又有一种忧郁感。左页则是一个大张的虎口,虎口尖牙中是一个"家"字,图下方有"1944年7月7日"的字样和费新我的签名"FISHINGWOOD"。还有一个细节,就是第二页和第三页,作者连画两页《家》的人物头像,画出《家》中二十四位主要人物,形形色色,表情不一。这等于是《家》的人物谱了,今天看来,作者是如何想象和勾画人物,通过这个头像可

---

① 以上资料依据王荣华主编《上海大辞典》,上海辞书出版社2008年版,第1240页。

见一斑了。

在扉页后,还有陈秋草钢笔手书的《关于〈家〉的连环画》,相当于序言了:

> 这一册以巴金先生的名著《家》为题材的"连续图画",作者是"白鹅"的老同志费新我兄。白鹅,这一个将要在一般人意念中消失去的艺术小团体,说来正和已有的"连续图画"一样,素未尝为我国艺坛所重视。

> "连续图画"在以艺术为桥梁而达到教育大众的意义上,说起来,是应该有它光明的前途的;但当然也需要好的内容和技术。如果我们想所谓某种高贵艺术仅许有些人们作为盛世雅赏,和什么《彭公案》《红莲寺》等小人画本影响到大众意识为何如的时候,自会感觉有新的内容和技术的连续图画的兴起是怎样切要的事。

> 万叶书店着意出版这一类图画,和作者对于这一项新创作的努力,是值得我们推荐的。按作者为万叶编绘范本多种,予学者印象很多。本书在制图的时候,对于每一画面景象的位置,画中人物面貌的揣摩,和语意的象征写出等,都有过很审慎的思考;画

的技术也颇合水准。这是具有"新启蒙运动"价值的艺术,让大众来欣赏这本《家》的默片演出吧。

我们应该为大众欣幸。

陈秋草

(民国)三十年六月

陈秋草在这里谈到了连环画对于开启民智、启蒙大众的作用,与鲁迅等人看法是一致的。从启蒙的角度,他肯定了这种艺术样式的价值,并预言了它的未来。需要多说几句:陈秋草(1906—1988),名蕖,字秋草,号犁霜、实斋,室名风之楼。祖籍浙江鄞县,生于上海。幼喜绘画,1925年肄业于上海美术专科学校西画系,在上海明星影业公司做字幕装饰并为大理石厂做造型设计工作。1928年起与潘思同、方雪鸪创办国人第一所职工业余美术研究团体白鹅画会、白鹅绘画研究所,招生授课。白鹅画会以交流和集体研究为宗旨,重视自由探讨,鼓励自觉精神,是上海最早创立的职工业余美术创作研究团体,培养了不少美术人才。1934年,又在长春路开办白鹅绘画补习学校,出版《白鹅画刊》,江丰、程及、费新我都曾求学于此。在此期间,陈还任上海良友图书公司《美术杂志》编辑,编辑过《白鹅年鉴》《装饰美》等美术书刊。1955年起出任上海美术馆馆长,我们这代人熟悉的插图《小蝌蚪找妈妈》即出自他的手笔。

费新我1934年起在上海白鹅画校及白鹅画会学习西洋画,当是陈学生辈的人了。费新我在这本书的《后记》中说:"今年三月间到上海,君匋先生偶然谈起要我绘《家》的连环图画,当时因为自己觉得太稚拙,哪能当此重任?所以没有答应。回苏后遇到友人萧君,他却竭力怂恿我尝试,同时我又感到家庭间的烦恼,于是乎就把《家》读了一过,试着预备起来,直到六月初脑病之后,始发心涂绘,六月下旬特把稿子带到上海就正于秋草老师和君匋先生。"(1941年7月)我特别注意到画家说:"感到家庭间的烦恼",可见他是受了《家》的感染才执笔的,这从另外一面可见《家》在当年是触动了社会的普遍问题,触及了青年人内心的苦闷和困惑。这并非如某些学者所论述的,仅仅是一个观念层面上的臆想,也是有活生生的现实的。钱君匋曾经为巴金的《家》等多种开明版的书设计过封面,与巴金自然很熟。在后记中,他说:"五年前我在一个中学里的钟楼下接受了巴金兄的嘱托,把他所译的《我的生活》的铅印清样研读着预备制作插图,当时我就打算把他的那部《家》给它从头到尾画一套。结果战事发生了,我离开了那个住了十多年的钟楼,流亡到遥远的地方,两件事都被搁置了。今年在上海与新我兄偶然把往事提起,大家都很兴奋,当时很有意思把《家》试作一套。我因栗六异常, 没有时间来执笔, 便托新我兄绘作, 新我兄研读着《家》,经过相当时间才开手,态度是十分郑重的。""当第一幅画到我手中时,我便思考着如何写它的说明了。因为要通俗,文字一定要浅显些, 又因每面字数有一定,而原书的事实颇丰富, 往往有不能尽收之憾, 但在可能范围内,总使它不失原意为主。这样再四易稿,成就了今日的样子。"(1941 年 8 月 10 日)这已经把书的来龙去脉交代清楚了。

这套连环画在艺术上很有特点,我是外行,谈不了很多,但我感受深的,特别是与以后的那种标准的写实的相比,这本有很强的想象力和跳跃性,作者时不时用分格的办法, 把不同时空的场景和人物内心活动集中在一个画面上,有从两格到四格,或者环绕中心,虽然画面是固定的,但犹如电影镜头的切换,很有特点,尤其是能够着力表现人物的内心活动更是难得,这也是它超出诸书的地方。

比如画觉新被长辈逼迫放弃学业的事情，在他捂着脸痛苦的主画面周围，有他母亲的画像，长辈的狰狞面孔，书和算盘等，凸显着他理想的破灭。画新年前景象，就用四格，分别画出了在厨房做年糕的忙碌、女人们剪花折锭、孩子买玩具、仆人张灯等场面。画觉慧与鸣凤最后的告别，叙述觉慧以社会理想为重、轻漠了少女的祈求，画面上是觉慧仰着头，眼睛看着天上的样子，在他的头顶上有一架天平，左端是砝码，写着"献身社会"，右面是鸣凤无望的眼神，天平显然更倾向于左边。画琴追求个人理想的过程，有一幅画面也十分惊人，是她的眼前出现了一条很长的路，上面躺满女子的尸体，文字是："她明白这条路是几千年修好的，充满了女子的血泪……"总之，作者能够放得开，用尽可能多的形式，将呈现在人们面前平面化的画面立体化，让人能够感受到一种动态，感受到人物的心理活动。这是他的高明，我想画《家》这样的经常叙述人物内心活动的现代作品，必须要有这样的探索和创新不可，这和古代的以人物外在行动为主的作品大不相同。

我查了一下《家》的评论文章索引，能够感觉到这部作品与《灭亡》有很大的不同：《灭亡》发表后一段时间内评论如潮，但《家》则是一个慢热的过程，在这个过程中，诸如话剧的改编，电影的拍摄，包括连环画的出现，对于扩大它的传播和影响起到了不可低估的作用。有兴趣的人甚至可以在画法之外对比一下，各改编者在文字上的取舍等等，不但有意思，也能够看出不同时间和不同的人对于《家》的接受和认识。

2010 年 9 月 10 日于巨鹿路

《家》《春》《秋》的特装本

有些事情是可遇而不可求的，比如说有些书的特装本，大多数量有限且不在市面流通，只有跟作者有私人关系的人才有可能拿到。时过境迁，倘若还能发掘出来，可真是昨夜做了好梦。这等好事，我从来都不去想的。多少年前，年轻气盛，相信世界是我们的，什么都想拥入怀中，买书也是这样，一书不得，连日难眠，四处折腾亲友帮我买，而且恨不得想到的书都要买到。现在想来，固然当时买书不易，想读的书多半读不到，不过未免也有一点少年的贪心。后来明白了：不但世界不是我的，就是现在握在手上的也未必就是我的；就算是我的，时光匆匆，真正能为我们细细品味、静静相对的东西有几件？ 生也有涯,何必为无尽之物而累呢?我们的天空很小,来来往往大多是过眼烟云,聚聚散散,只能随缘。我喜欢"蓦然回首,那人却在灯火阑珊处"的会心和惊喜,而不喜欢处心积虑的算计和安排。对于书也是,心中有它,就有相逢的机会,两情若是久长时,又岂在朝朝暮暮?甚至也不必在乎是否拥有,借来的书不是读得更细?从使用的角度来讲,珍本书与简陋的平装本没有什么差别,为了做研究查考版本,有复印本、有图片什么的,对我已经足够了。藏书毕竟不是攒金砖,书可把玩,但它的生命更在阅读。所以对于那些特装本,能够看一看翻一翻,望梅止渴,足矣。

巴金先生在二十世纪三四十年代,曾为他的《家》《春》《秋》单独做过特装本,用以馈赠亲友。现在看来,它们的装帧还是一流的,既华贵又大方。三本书都是缎面硬壳精装。其中《家》是浅褐色的枫叶图案,封面上没有书名,书脊上是粗壮的红漆大字"家",该书正文是开明书店1938年1月修正版《家》,就是我们平常说的《家》的第十版,当时的售价是国币一元。《春》是灰色的底面,墨绿色甚至偏黑一点的枫叶图案,书脊上是烫金的"春"字,为1938年3月的初版本。特装本的《家》和《春》应当是作者自己掏钱特装的，不清楚当年印数有多少，大约就在十册至二十册之间吧，现在算是极为罕见的书了。迄今为止，我只在中国现代文学馆的巴金文库中见过，是巴金所捐赠。(顺便说一下，中国现代文学馆编的《巴金文库目录》①，这是一件造福读者的好事情，但里面关于版本、版次的勘定之随意也常常令人吃惊，使得本来很好的一本工具书反而让人不敢轻易利用和相信，即以《家》的特装本图版为例，居然标着"开明书店1933年5月初版"，这会极大地误导那些没有机会见到原书的读者。在内文中，由于没有标示特装本，我检索不到该书，或者就是标着开明书店1938年1版的那本？但那是本普通的平装本也说不定。同样情况也出现在该馆后出的《唐弢藏书图书总录》中：其中《秋》与《家与春》特装本条目，仅著录为精装本，但它们显然不是普通的在市面上发售的精装书，这种特装是不在市场流通的。如此标示，未免把人参当萝卜了。)

《秋》的特装本，最初我是在成都慧园见到的，封面是黑色和墨绿色的图案，金黄的竖框中印有黄字"秋　巴金著"。该书版权页标为"1940年4月初版发行，国币二元二

---

① 文化艺术出版社,2008年12月版。

角"。最为难得的是，在扉页上有巴金的一段题词："一九四〇年四月初版本《秋》，用辞书纸加印十五册，大半毁于战火，我这里还有两本，分一本给慧园。"它让我们清楚了，此特装本仅有十五册！

巴金曾两次提到特装本的《秋》：

我一共写了八百多页稿纸，每次写完一百多页，结束了若干章，就送到开明书店，由那里发给印刷厂排印。原稿送出前我总让三哥先看一遍，他有时也提一两条意见。我五月初写完全书，七月中就带着《秋》的精装本坐海船去海防转赴昆明了。(《关于〈激流〉》)

一九三九年年初我和萧珊从桂林回到上海，这年暑假萧珊去昆明上大学，我在上海写小说《秋》。那个时候印一本书不需要多少时间，四十万字的长篇，一九四〇年五月脱稿，七月初就在上海的书店发卖了。我带着一册自己加印的辞典纸精装本《秋》和刚写成的一章《火》的残稿，登上英商怡和公司开往海防的海轮，离开了已经成为孤岛的上海。(《关于〈龙·虎·狗〉》)

这本书在巴金那次绕道法属殖民地的南行中，还成了他的身份证明。到云南省出入境检查机关登记时，同行人中唯有巴金遇到了麻烦，他的护照上写着："李尧棠，四川成都人，三十六岁，书店职员。"检查者问他在哪一家书店工作，巴金说："开明书店。"对方要看证件，巴金身上没有，对方说："你打个电报给昆明开明书店要他们来电证明吧。"护照就被扣下来了。"我自己当然也有些苦恼，不过我还能动脑筋。我的箱子里有一张在昆明开明书店取款四百元的便条，是上海开明书店写给我的。我便回到客栈找出这张便条，又把精装本《秋》带在身边，再去向姓杨的长官说明我是某某人，给他看书和便条。这次他倒相信，不再留难就在护照上盖了印、签了名，放我过去了。"(《关于〈龙·虎·狗〉》)说不定这个长官也是个文学爱好者？

中国现代文学馆巴金文库中《秋》的特装本与慧园的缎面图案大为不同，是蓝地的龙凤图案，很有传统织锦的风格。而唐弢文库中又是另外一种图案，是那种蓝色、红色、绿色相间的类似菊花的图案，显得更为大气和奔放。关于此书，唐弢在他那著名的书话中曾经专门写过：

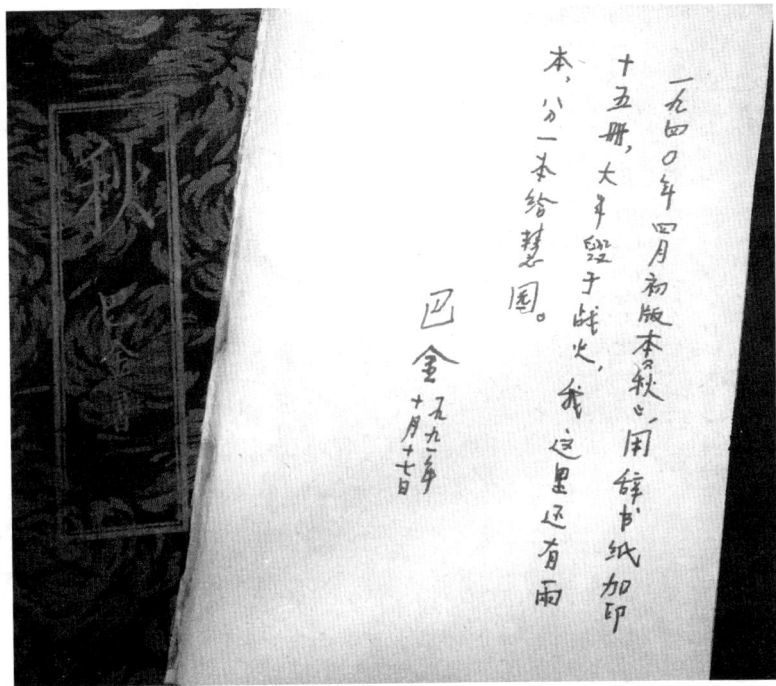

一九四0年夏月初版本《秋》用辞书纸加印十五册,大半毁于战火,我这里还有两本,分一本给慧园。

巴金 一九九二年十月十七日

巴金在《秋》特装本上的题词

043

《秋》装云者，非谓秋天的装束，乃指巴金长篇小说《秋》的装帧也。友好知我爱书，时以所著见惠，自从《书话》里谈及装帧，更多以特印本相赠。其间赠书最多，厚意最可感激的，当推巴金。实我《书话》，他日当一一记之。记得1940年，巴金将内行，我和圣泉、柯灵等饯之于霞飞路一酒楼，巴金即携其所著《秋》一册见贻，方于4月初版，盖犹当时之新书也，但为坊间经见的本子。去年，巴金在某一次来信里，问起我有没有《秋》的精装本，我回信说没有，不久，他就差人送了来，并附条说，他自己藏的已经赠完，这一本是向人索回转送的。检视款识，果有用橡皮擦去重题的痕迹。此书用道林纸印，织锦硬面装，书脊及封面烫橘黄色细笔题名，围以长框，酷似日本书籍，富丽堂皇，为他书所不及。友人黄裳见告，巴金此书，原已赠其太太，所谓向人索回转送，实则从太太处要回者也。闻之失惊。此一对贤伉俪之盛情，委实令人感念，世有书痴，当能领会我这一点意思也。①

---

① 唐弢：《〈秋〉装》，《晦庵书话》，生活·读书·新知三联书店2007年7月第二版，第273—274页。

十五册,尚存三册,亦属不易。没有想到,我还有机会见到第四册!去年秋天,我们整理巴金故居南小楼二楼的资料,其中一个柜子里面放了些巴金的老版本著作,还有一些巴金研究的专著。我扫了一眼,这本《秋》的特装本一下子跳入眼帘,我当时真有中了大奖的感觉,又有故人相逢的激动。我想起巴金给慧园的题词,"我这里还有两本……",那么这就是他留下的一本了。在资料的搜集和保存上,很少有作家像巴金这么细心和精心,从资料保存的完整性而言,也很少有作家能跟他比。在整理资料的过程中,拂去灰尘,常常有意外的惊喜。这本《秋》的外观与唐弢文库中的那本差不多,颜色比唐弢的那本稍微深一点,也许是年久的缘故。可是,捧在手里历史的分量、岁月的沧桑,特别是时光消失而惊艳如故的感觉,让人久久回味。

在特装本中,还有一本书数量更少尤为珍贵,它是《家》与《春》的合订本。绿布面硬壳精装,封面无书名,书脊上压了四道红线,居中烫金镂白的大字书名"家与春",上下分别是小字:"激流第一部"和"巴金著",未见版权页。这一册是巴金捐给中国现代文学馆的。此书中国现代文学馆的唐弢文库中还藏有一册,是巴金送给唐弢的,如果没有巴金在扉页上的题词，大约现在就很难弄清这个版本的来历了："合订本由钱君匋兄装帧，共五册，1938 年 5 月装成。"下钤巴金的篆印。哇，五册，古董挖掘迷们，谁去把其他三册挖掘出来吧。有一个细节我没有注意到，《唐弢藏书图书总录》的编者倒有描述："两书之间有一绿色厚纸相隔，绿纸前是《家》之'后记'，绿纸后是写有'春　激流之二　巴金'的薄纸，纸背印有如下广告：'激流之一：家　每册一元；激流之二：春　每册一元；激流之三：秋　在著作中；激流之四：群　在著作中'。"（见许建辉《后记》。《唐弢藏书图书总录》将此书名著录为《家春》似乎不妥，出版社待考也很奇怪，其实书芯就是开明版的《家》和《春》。）这种装法倒让我想到，至今还不曾有一本《激流三部曲》的合订本，但是书太厚是个麻烦，不过可以试着出十六开本，或者用软精装、辞典纸印三十二开的本子，见过不少西方的书是这么印的，厚厚的书，软软的纸，翻起来很舒服。巴金想过把《家》与《春》合订，是否想过三部长篇合订呢？

1949 年以后，特装本越来越少了，大约这种小情小调与普罗大众的口味相去甚远，出版部门更是懒得去理作者的要求。在巴金的藏书中，倒有平明出版社在二十世纪五十年代初为穆旦的译诗所做的精装本，非常精美，以后我再谈它。反正,当时给人的感觉,很多出版社做精装已经心不在焉,更没有心思做特装。傅雷就曾致信人民文学出版社负责人,对该社精装书的粗糙表示不满:

以国内现有技术水平,并非精装本不能做得更好;但在现行制度之下及装订人才极度分散的现状之下,的确是不容易做好的。一九五三年平明出《克利斯朵夫》精装本,我与出版社都集中精力,才有那么一点成绩,虽距世界水平尚远,但到了国内水平(以技术及材料而论)是无可否认的事实。如今在大机关里头,像那样细致的工作在短时期内恐怕没有希望办到。——装订也是一门高度的工艺美术,只能由一二人从头至尾抓紧了做才做得好。

倘附印一部分精装本,希望郑重考虑承装工厂的技术水平;希望不要花了钱得不到效果,我们更不能忘了原来是私营出版社做过的工作,国营机构不能做得比他们差。①

---

① 傅雷 1956 年 12 月 10 日致王任叔、楼适夷,《傅雷书简》,当代世界出版社 2005 年 11 月版,第 217—219 页。

傅雷简直是在压着怒火谈印装。"私营出版社"是巴金和朋友们后来经营的平明出版社，傅雷的信中也能看出，有些问题根本不是技术问题，而是对待文化的态度，革命是疾风暴雨，无暇去绣花，我们的文化就这样越来越粗糙。

　　二十世纪五十年代尚规整，六十年代纸张困难，纸差了，接下来，有的书居然天头地脚切得都是斜的，布面的精装书也少起来了，更可气的是原本一些书有着非常好的插图，重印本通通取消！进入二十一世纪，插图稍微得到一点重视了，但有的印制不是美化图书，而是污损图书。典型的代表当属某国字号出版社的那套"名著名译插图本"，低廉的纸张不说，那插图黑漆漆如墨涂，真是辱没了这些好书。我是向来主张印书两极分化的，一极是低廉的普及本，供大众传播的；一种是豪华本、特装本、限量本这类的，满足小众趣味的收藏者、阅读者。这种趣味代表着文化的精致和高度，也是在电子出版的时代中，纸制书不会废弃的重要理由，因为一本好书除了阅读的功能之外，也可以成为独立的艺术品。如同大多数人都不用毛笔写字了，但大家可以欣赏书法啊。可是……为什么我们出版社印出来的书能气死曾经发明印刷术的祖宗？

《家》《春》《秋》发行上百万册，算是够普及了。(大约是为了更普及，用纸越来越烂！)难得的是，在二十世纪八十年代，它居然有特装本。我请教相关的人，都说不清楚，当初是巴金自己提出要求用稿费来做的，还是出版社主动为他做的，或者乃是因为经营其事者是巴金的朋友王仰晨——他也是保持着旧时习惯的老出版人。反正，这个本子还不算差，是蓝布面，简洁大方的"家""春""秋"三个字分别端居在粉、绿、黄的菱形框上，书脊上也是这样的菱形打底的图案，烫金的作者名和出版社名，版本是人民文学出版社1962年第二版，1980年4月第二次印刷。美中不足的是书脊是平的，而不是椭圆，但布面平整，设计大气，不失为难得的版本。弄不清楚这个特装本做了多少日，意大利驻华大使到巴金寓所宣布授予他1982年但丁国际奖，并赠四大册《神曲》给巴金，巴金回赠著作中，就有这套《激流三部曲》。1983年5月7日，时任法国总统的密特朗在上海授予巴金法国荣誉军团勋章时，巴金赠送给他的书中也有这套。

进入二十一世纪，还有一种《激流三部曲》的特装本问世，用的是人民文学出版社2005年的印本制作的。海蓝色的封面，白色的书名，不难看，但也就是撕了封面换上布面硬壳的普通精装本而已,做工实在不敢恭维。这书不知道做了多少,应当是市面上不卖的,出版社赠给作者家属三十套,我有幸分得一套。但总觉得,当下应当有更好的特装本才对。留点遗憾,才有梦想,我不想着天上掉下一本1938年的特装本,但今后出一点更好的特装本不应当是奢望吧?

2011 年 4 月 7 日晚

《旅途随笔》

黄裳先生曾写过一篇《书之归去来》,巴金的一本书在岁月中的来来往往,倒颇适合这个题目。

这本书是生活书店 1934 年 8 月出版的《旅途随笔》初版本,它是傅东华主编的"创作文库"的一种,沈从文的《边城》、老舍的《小坡的生日》、吴组缃的《西柳集》等都属于这套丛书。《旅途随笔》是拿在手里非常舒服的小三十二开窄条本,小精装朴素大方,护封米黄色,上印浅蓝色的字,从上到下依次是丛书名、编号、书名、作者名和出版社名,其中书名和作者名,用的作者本人的毛笔手迹。平装本封面则加了个欧式线框,其他差不多。精装的内文用的是道林纸,定价六角五分,平装则便宜两角。

关于这部书,精装本护封的后勒口上有一则内容简介,不妨抄下来权当介绍:

作者历年来所作长短篇小说，早已脍炙人口。随笔集这还是第一部，是在去年漫游南北的半年里写成的。这是现时真实社会现象的写照，这是一个敏感的心灵的反应的记录。

它比较准确地概括了书的内容和特点。"漫游南北"是指巴金1933年南下广东，游览普陀，北上平津。这一路所见构成了这本书的主要内容，可以说是他的旅行"博客"。巴金说自己并非旅行家，不是游山玩水，书中所记都是"现时真实社会现象"，现在看来都是了解当时社会的宝贵文献。当然，巴金是带着丰沛的情感来写的，至今读来也会受到感染，人们所熟知的《鸟的天堂》一文就出自此书；还有出自本书《朋友》一篇中的一段谈友情的话，也经常被人提起："我不配做一盏明灯。那么就让我做一块木柴罢。我愿意把我从太阳那里受到的热放散出来，我愿意把自己烧得粉身碎骨给人间添一点点温暖。"

好了，书的旅行也开始了：该书出版后一年多，巴金在其中一册平装本上题签"赠彼岸同志　巴金"送给了他的朋友。彼岸是谁？为什么称"同志"？

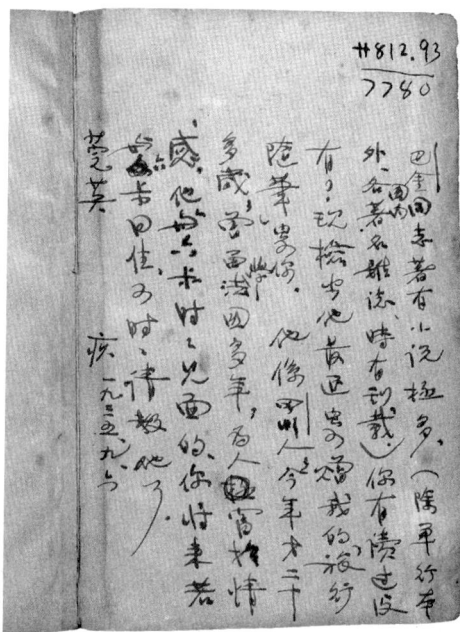

巴金作品

旅途随笔

巴金

上海生活书店印行

巴金同志著有小说极多，（除平村竹外，名著名难述，时有记载）你有读过没有？孜捡少他黄匹端我的接纱。随笔、家信……他像别人今年考三十多岁，多岁弄画这四多年，有人囚富怀情感，他舆术村之光画的，你将来若写卡日住多好，请教他了。

荑芙

疾 一九三五九六

《旅途随笔》书影及彼岸在巴金赠书上的题词

053

彼岸(1879—1975),姓郑,又名郑岸父,号伯琦,广东香山县人。他是中国无政府主义运动的先驱,与师复有交谊,也曾在广州组织"晦鸣学舍"传播无政府主义。有资料说,流亡美国时,他在三藩市(旧金山)同钟时等人组织平社、创办《平等》杂志,他除任编辑外还承担了排字、印刷等工作。巴金曾在这份杂志上发表过不少文章,是有共同信仰的"同志"。彼岸还是民主革命中的传奇人物,他早年结识孙中山,曾策划香山起义,创办《香山旬报》,从文武两面声讨清王朝。1910年、1911年又两次参加师复秘密组织的"支那暗杀团",欲刺杀摄政王载沣……有两件事情更显此人性格:郑彼岸曾在一次演讲集会中,举起辫子说:"此豚尾耳。"把时人认为是命根子的东西视为猪尾巴,这在当时是惊世骇俗之言。还有一件事情,1911年他回香山组织群众起义,并攻占县城,推翻清廷统治。1912年民国成立,广东都督府委任郑彼岸为香山县第一任县长,可郑彼岸接到手令后却不赴任,而是动员当地士绅民选县长,实践了革命不是为当官发财的誓言。1946年,郑彼岸也曾在报上登出启事,公开拒绝县政府给他的县参议员一职,而乐于接受整理地方文献的修志工作。他并非不闻窗外事的隐士,在家乡救义士、散钱财、办教育的功德之事做了不少。抗战时期,郑彼岸在故乡创办五峰中学,艰难支持,个人生活也很清贫,可当岭南大学澳门分校想聘他为教授时,为坚持办学,他不顾个人生活困难,辞却这份月薪葡币五百元的教职。

1912年夏,讨袁事起,郑彼岸创办《讨袁日报》,后袁的爪牙龙济光率部到了广州,大肆屠杀,他不得不流亡美洲,奔波于美国、加拿大,期间做过夜校教师、印刷所排字工人、杂碎馆传役等工作,直到1937年才回国。1949年后曾任中山纪念图书馆馆长、广东省文史研究馆副馆长等职。从他的经历看,收到巴金寄赠的《旅途随笔》时,应在美洲。他拿到书后,不久又赠给了莞英(此人待考,应是他的子侄辈的人),书上还留有他赠书的题词,可见当时的"同志"对巴金的看法:

> 巴金同志著有小说极多(除单行本外,国内各著名杂志时有刊载),你有读过没有?现检出他最近寄赠我的《旅行随笔》寄你。他系四川人,今年才二十多岁,曾留学法国多年,为人富于情感,他与六叔时时见面的,你将来若与六叔同住,可时时请教他了。

这段话写于 1935 年 9 月 6 日，上面提到的"六叔"当为郑佩刚，是彼岸同父异母的弟弟，也是无政府主义者。《旅途随笔》他误写为《旅行随笔》了。巴金生于 1904 年，当时三十一岁，彼岸年长巴金二十多岁，印象中巴金总是那个朝气蓬勃的青年吧，所以，他说"今年才二十多岁"。这本书在莞英手里的命运不得而知，但可以判断，它重新又回到了国内。

四十五年过去了，彼岸已经去世，巴金也进入暮年，没有想到这本书又回到了巴金的手里，巴金在该书扉页上惊喜地写道："我送给彼岸老人的书，四十五年后又回到了我的手边，是小林在旧书店买回来的。 金 （一九）八〇年。"书由女儿买回，但它的旅行并没有终止，后来，巴金又把它捐赠给中国现代文学馆。近半个世纪的长旅，万里的长途，又回到了作者手边，这难道不是件奇妙的事情吗？买书也会遇到奇妙的事情，我在许定铭的书话中就曾读过，他相隔三十五年买回的四本书，封面都有藏者的签名，竟然是同是电影导演秦剑的藏书。①

书也有它自己的命运！

---

① 见《四本罕见的土纸旧书》，收《旧书刊撷拾》，香港天地图书公司 2011 年 8 月版。

难怪古人的藏书印有"曾留某某家"的印文,在时间的长途中,谁都很难占有什么,不过是"曾留"。由此,我想到了现今被炒得离谱的一些书价,是体现了我们对书的热爱,还是对物质的贪欲呢?偶遇叶兆言老师,他说他祖父圣陶先生身无长物,手边的东西亲朋看着好,还没有跟他提出,他就主动表示拿走拿走……这是饱经沧桑的老人对于物的聚散的理解,大白话说是:活明白了。很多老人"散书",大约也缘于此。

2012 年 4 月 13 日凌晨
于广东台山旅次

《过去》

在一篇访谈中，巴金先生透露他早年曾经印过一本叫《过去》的小画册。他说："这是我一九三一年编的一本图册，自费印刷的，一共印了五十本，大部分送给朋友，自己只留了一本，文化大革命中烧毁了。这本图册是我几年中收集的俄、法、意、日等国家的一些革命者的图片，如克鲁泡特金、妃格念尔、苏菲娅、马拉、丹东、凡宰特、大杉荣等。"(《巴金访问荟萃[1979—1987]》)这段话提供了两个主要信息：一、画册的内容是巴金年轻时代崇拜的那些革命者的图像；二、这书印数极少，仅有五十册，历经风雨，存世当更不多，巴金自己所存一册也毁于"文革"。

这个访谈，我读后总是耿耿于怀，像巴金那么注重史料保存的人都不存此书，我定无缘见到这本与巴金信仰有着密切联系的特殊画册了。那时，少年心性，恨不得将

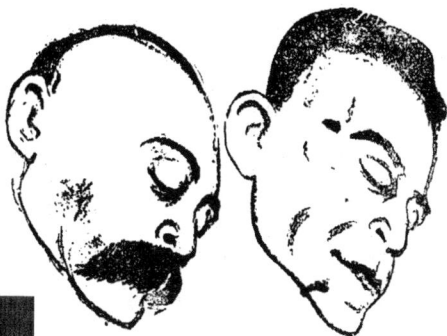

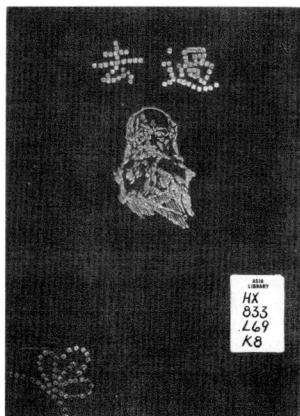

薩凡之死之面

『你們的休戚相關果然然把我們從
劊子手的手中救出來麼？牠果然會把
我們送回到我們所愛的人們那里麼？
我們不知道——不過我們明白：
如果我們會回來了。我們決不會像一
個忘恩的人，胆小的人的樣子而回來
；如果我們死在電椅上了，我們的威
激也是要和我們同死的。我們的思想
：「是不自由勿甯死。」

薩　珂
凡宰特』

巴金编印《过去》书影及插图——萨珂与凡宰特之死

059

巴金的一字一句都收入囊中，那是一种很盲目的贪心。世界从来都是不完整，欲求完整或完美，不但心愿难偿往往还会适得其反，何况，世上的好东西多着呢，为什么都要属于"我"？有时，太看重那个结果，反而丧失了很多乐趣，到头来，"结果"反成了一个干瘪的空壳，既不美丽也没味道了。恰恰，当你不太在乎那个结果的时候，意外地得到更令人惊喜。2008年，珠海出版社出版了李存光老师编选的《克鲁泡特金在中国》一书，其中收录了巴金的两篇短文：《〈克鲁泡特金的生涯〉前记》《克鲁泡特金赞》，在注释中，编者标注：该文选自巴金编的《过去》，美国密歇根大学图书馆藏有此书……原来人间尚存《过去》。我认定找不到此书了，所以多少年来，从未想到过向存光老师请教此书的下落，而存光老师早已觅得此书。不久，它的复印本便从北京寄到了我的手上。有时候想一想，巴金研究界有李存光这样的前辈学者，真是我们的大幸。

这是一本正文有八十页的图配文的小册子，据复印本推测，它当为三十二开本。封面正中是克鲁泡特金的头像，上方是"过去"两个字，像是由朵朵小花组成的，左下角是一朵花的形状，大概代表了编者对他崇敬的先辈致敬的意思吧。扉页由一个线框框起书名、编者名(巴金用的

是本名)和印刷地点、时间:

过 去

THE ANARCHISTIS

Compiled and edited by

Li Pei Kam

Shanghai

1931

　　接下来一页上面写着"永久的纪念",下面有"赠　惠存"的字样,是用以签赠的。全书分序、克鲁泡特金的生涯、安那其主义者、芝加哥殉道者、俄国革命党人、萨珂与凡宰特六部分。其实熟悉巴金的信仰和早期创作的人,望眼便知,这等于是巴金1929年1月由上海自由书店出版的《断头台上》一书的微缩版,或者说,要全面了解巴金对这些革命者经历更为全面的叙述和评价,不妨参照《断头台上》一书。

　　书前"序"道出巴金编辑此书的意图:

记忆有时使我痛苦,但我是靠记忆而生活。

如果不是有记忆的话,我也许会在街头巷角茶楼酒馆去咒骂别人抢钱夺利了。然而记忆抓住了我,使我走现在的这一条路。因为在记忆中有如许多的可爱的人,为了他们我不得不忘掉自己。

在悲哀中,有他们来安慰我;在失望中,有他们来鼓舞我;在黑暗中,有他们来指引我。这许多年以来在这荒凉的沙漠上就只有他们是我的伴侣。

时间上他们算是过去的了。过去却也是多么值得留恋的,只要他是现在与未来之母亲的时候。因为他曾指引我们走向未来的不可知的道路。

我们要继承着过去的遗产向着未来猛进。

这些文字是一个探求精神道路的灵魂呻吟,"过去"不是伤感和悲悼,而是给现实中的"我"以安慰和力量,"我"要继承着过去的遗产走向未来。那么,这本书不仅是"永久的纪念",还是宣誓和决心。

在正文的五部分中,克鲁泡特金独占一部分,里面的图片纵贯他的出生直至去世,俨然是小型的克氏画传,不难看出克氏在巴金心中的分量,正如他在一帧克氏的像下所写的《克鲁泡特金赞》:"是革命者,是科学家;是自由之战士,是光明之使徒;是有最完全生活的人,是众人所敬爱的大师;在人类之中是最优美的精神,在革命家中有最伟大的良心。"在这部分开篇,他更是不吝自己的赞美之辞:

克鲁泡特金!克鲁泡特金!这个名字在我的耳里眼里确实有一个非常的意义。这是爱的结晶,这是鼓舞的泉源。

我自己实在太渺小了,太无能了。然而我却也能够爱人。我也能够像许多人那样爱克鲁泡特金。在我的生涯中这个人的纪念要超过一切。事实上要是没有了克鲁泡特金,我今天也许不知会堕落到什么样子。

我是得救了,靠了他。许多的青年也得救了,靠了他。在欧洲有不少的人一提到他,就表示出无限的热爱和无限的敬意。他是我们大家敬爱的大师,我们都是他的孩子。我们都是被他的爱、他的理想、他的纯洁的一生牵引到他的身边的。

现实的矛盾生活使我的心灵充满了黑暗,然而他的纪念对于我有如一盏明灯。我不拘何时何地每想起这个人,他在人类中是最优美的精神,在革命家中有最伟大的良心,我每想起我是站在他的一边,为他的理想(也就是我的)奋斗,我的心又强健起来了。我想有这个人在世界中生存过,我便绝不是孤独的!

人生不过百年,这是多么短促的时间。世间有不少的人在不死不活中就度过了他们的岁月。然而这个人,他舍弃了巨大的家产,抛弃了亲王的尊号,受尽辛苦,历万难,冒万险,经历过了八十年的多变的生活之后,没有一点良心的痛悔,没有一点遗憾,将他的永远是青年的生命交还与"创造者",使朋友与仇敌无不感动,无不哀悼。像这样的人,古今来能有几个!

克鲁泡特金是不死的,像这样的人确是不会死的。他永存在我们的心里。我们要拿他做个别例子去生活,去工作,去爱人,照他那样地为人,那样地处世。不管万世万年,子子孙孙,只要地球不毁灭,人类不灭亡,则克鲁泡特金将永被认为人类的一个好友!

在这里克鲁泡特金的生涯是用真实的图画展现在我们的眼前了。在巴黎蜡人馆里见过"耶稣的生涯"的人会在这里看出一个比神话中的耶稣更伟大的人来。

这段话不但保存了巴金的思想情感，而且还保留下来他早期创作中的欧化句式，如："我是得救了，靠了他。许多的青年也得救了，靠了他。"由此而言，《过去》虽是一本小小的画册，但它对研究巴金的早期思想和文字风格有着特殊的价值。

该书的第二部分"安那其主义者"可看作是安那其主义者(无政府主义者)圣贤录，中外安那其主义革命家，每人一幅肖像，并配有巴金简短的评价语，依据原书先后顺序，不妨罗列如下：

安那其工团主义的创始者斐尔南·柏鲁节(F. Pelloutier,1869—1901)，这是一个实际运动的天才。

安那其主义之父蒲鲁东(P.J.Proudhon,1809—1865)，真正的贫农之子，《何谓财产》之著者。

安那其主义之先驱高德文(W.Godwin,1756—1836)，《政治的正义》之著者。

巴枯宁(M.Bakunin,1814—1876)，那个为革命之

故牺牲了一切并且专为革命而生活的伟大革命家。

德国的斯丁纳(Max Stirner,1806—1856)和美国的德加(Benjamin Tucker,1854—1893),两个伟大的安那其个人主义者。

邵可侣(Elisee Reclus,1830—1905),如珠之人,如火之信;圣徒之生活,真挚之思念;在个人中,实为美果;德性完成,世界成春。一八四八年脱离学校投身革命之少年时;巴黎公社革命时代执枪而战之壮年时! 大作《人与地》出世后,呼革命而死之老年时;美哉,君之生涯! 正哉,君之思想! (生田春月的赞语。)

美国女同志胡代连(Voltairine de Cleyre,1866—1912)、法国女同志梅晓若 (Louise Michel,1830—1905),她们同是诗人,同是战士;她们皆富于自己牺牲精神,因传道劳瘁而死。生前深为各国劳动者及革命家所敬爱,被称为安那其主义之二圣处女。

德国同志约翰·莫斯特(1846—1906),若克尔著有《莫斯特传》一厚册;莫氏刊行《自由杂志》凡数十年。

近代学校之创设者西班牙同志非勒(F.Ferrer,1859—1909),为天主教会所诬杀,枪决于狱中。此为被捕时情形,时为一九〇九年九月一日。

荷兰安那其主义者之第一人纽文许士(D.Nieu-wenhuis,1846—1919)。

我们大家所热爱的 Emma (EGoldman,1869—),我的精神上的母亲 Emma;全世界人士敬佩的伟大亡命者。

亚历山大·柏克曼(A.Berkman,1870—),我们的沙夏——"我们到死都是青年",我们的SaSha曾这样说过。

维持《反抗》《新时代》等杂志,数十年如一日的格拉佛(J.Grave,1859—)。

福尔(S.Faure,1856—),为法国安那其主义的老将,善演说,著书甚多,皆风行。现主编《安那其主义百科全书》按月刊行,有数千页之多。

意大利同志马拉铁斯达(E.Malatesta,1858—),为近代最伟大的革命家安那其主义的实际运动家,除巴枯宁外未有能及马氏者。马氏以其热诚、真挚与勇敢而为众人所敬爱。

近代安那其主义的两大理论家之一德国人若克尔(Rudolf Rocker,1873—),著有《莫斯特传》等十数种。现在著述《克鲁泡特金评传》。若氏又为实际运动者,现任柏林第四国际书记。

安那其主义之伟大历史家奈特罗(M.Nettlau),今尚健在维也纳;通数十种语言。

奥国(奥地利)同志拉姆斯(Pierre Ramus),是一个国际安那其著名的安那其主义者,下狱多年,著有书籍多种,今尚健在。

被称为安那其主义的将军之马哈诺(N.Machno,1889—　　),名字诚如格拉佛所说在社会运动中是无人不知道的。马氏真正从民众中出来,而又真能为民众福利战斗。南俄人民非常敬他爱他,称之为"父马哈诺"。克鲁泡特金亦曾赞美他说:"在俄国像你这样的人是不多了"。马氏身受九伤,现亡命法国。

无人不景仰的师复(Sifo,1884—1915)。

像怀疑者那样思索像信仰者那样行动的大杉荣(S Osug,1885—1923),在理论上是将克鲁泡特金与斯丁纳两人调和了的;而在行动上他又显出了巴枯宁所特有的风格。他无疑是东方的第一人,虽于一九二三年被日本政府谋害,但他的印象至今尚为人所宝爱。

安那其主义的美人伊藤野枝(Ito Noc),著作丰富,与其夫大杉荣同时殉道。

在绞刑台上殉道的古田大次郎(D.Furuti)痛陈:"我的眼前燃着灼灼的光辉,我的心里却结了很厚的冰层,露么,一滴都没有了,同志哟!在这心已干枯了时候,难道我的眼也同枯了么?

京城之夜——三月从北面山袭来的,北风般的严酷的余寒尚不能冻灭我们的强烈的火焰。

两人的握手呵,在黑暗中烧燃。

噫,生离么还是死别? "①

之所以这么不厌其详地抄录,除了资料珍贵之外,我更看重巴金对他们的评价,每人均言简意赅,直陈要点,如果追踪巴金的思想轨迹,这些人不应当轻易放过;如果写一本安那其主义思想史,巴金其实已经提纲挈领地梳理出一个很系统的线索了。对于"安那其主义者",在这部分篇首,巴金也表达了他的看法:

"安那其主义者"这是一个多么可爱的名词哟!

---

① 中滨哲:《吊古田大次郎》。

我曾有机会接触过一些欧美的安那其主义者。我爱他们。因为他们体现了安那其主义的美丽。

我爱安那其主义,但我也爱安那其主义者。

安那其主义者来自民众中间,而且在民众中间。在过去在各国的绞刑台上、断头机上、枪弹下、大刀下,我们都可以找出安那其主义者来。在文学家中,科学家中,哲学家中都可以找出安那其主义者来。为自由而奋斗,为正义而牺牲,肩着解放人类的使命,勇敢地去战斗,去就死的是安那其主义者。

安那其主义者在那里?在柏林的"万国工人协会"(第四国际),在安士潭"万国青年安那其主义者联盟",在法国、德国、奥国、西班牙、葡萄牙、挪威、瑞典、美洲各国以及日本……的各种"安那其主义者联合会"与工团。在意大利、美国、波兰、保加利亚、阿根廷、日本……等国的监狱中,在赤俄的堡垒中和冰天雪地的放逐地上。

我一旦想起安那其主义者的时候,我觉得在我的胸膛里所鼓动着的不仅是我一个人的心,而是无数人的心,我的同志们,我们的殉道者的心。他们的心居然逃出了冰天雪地的放逐地和人间地狱而跑来和我的心相合了。

这段话是巴金何以信仰安那其主义(无政府主义)的内心独白。1930年,巴金还写过一本《从资本主义到安那其主义》的专著,而此时他又是一位创作力旺盛的青年作家,在安那其主义者李芾甘与作家巴金之间究竟有什么关系? 固然,巴金从不认为他的小说是主义的宣传,然而,他小说中又有没有安那其主义的影响和精神呢? 这都是非常值得探讨的话题。

"芝加哥殉道者"是该书的第三部分,巴金曾写有长文《芝加哥无政府主义殉道后的四十年》,直到二十世纪四十年代末他还关心这一事件和其中人物的命运。巴金的小序同样是一篇重要的集外文:

因一八八六年五月四日草市场工人会议中的一个炸弹引起了一个大冤狱,法官受贿,警吏枉法,芝加哥资产阶级全体动员,其结果毁灭了五个安那其主义者的生命。我们的同志,司柏司、柏尔森司、斐失儿、恩格尔、林格,为劳动阶级谋幸福而牺牲了一己的幸福,勇敢地身死在绞刑台上(林格在狱中自杀)。

可比之于耶稣之钉十字架，苏格拉底之仰药。像这样以至仁至勇的态度而就死刑的，古今来究竟能有几人！

又过了六年，伊立诺瓦省新省长在一八九三年重查本案，才发现法官的阴谋，替被告雪枉，并且把尚在监狱中的斐尔登、失瓦伯、尼伯三人释放出来，但我们的五个同志已经荷着充满天地的荣光而长逝了。

然而我们在这里并不是来痛哭的，我们并不是来哀悼我们的死者。我们是来表示我们的敬意，表白我们的爱情。因为我们爱他们。如果有谁看了这些图画觉得眼泪快要流出来的时候，那么请来听我们的死者中的一人(柏尔森司)在临刑前所唱的歌："到我的墓前不要带来你们的悲伤，也不要带来眼泪和凄惶，更不要带来惊惧和恐慌，当我的嘴唇已经闭了时，我不愿你们这样地来到我的墓场。"

俄罗斯冰天雪地的恶劣环境，沙皇无比残酷的专制统治，与革命者克服困难、义无反顾地投入到追求众人幸福的事业的热情和勇气，始终打动着巴金。他曾反复写过

《俄国虚无党人的故事》，并且还写过《俄罗斯十女杰》《俄国社会运动史话》两本专著，对这些人的事迹都有全方位的介绍。《过去》的第四部分《俄国革命党人》，刊印了包婷娜、苏菲亚伯罗夫人斯加亚、妃格念尔、布列斯科夫斯加、司皮利多诺华、巴尔马雪夫、盖尔书尼等人的肖像，巴金曾数次写过，这部分前面的小序中，巴金再次表达了他对于这些不惜生命争取自由的热血青年的敬佩：

　　谁知道俄罗斯是一个富于革命思想和行动的园地，在这些地上生满了最美丽的花，这便是"爱自由重于生命"的俄国革命青年。

　　抛锦衣，弃玉食，身着褴褛的衣服，脚穿农民的木鞋，离开了华丽的家庭，辞别了亲爱的父母，去尽力于解放民众的革命事业。在历尽千辛万苦之后，终于抱着坚强的信仰，以至诚博爱之心走上革命的祭坛与断头台上的露水一同消失了。在思想上他们中有的是安那其主义者，有的至少也是和安那其主义者很接近的。在行为上他们完全是古代的圣徒。

　　我们一天在诅咒别人，在谋个人的安全，在争个人的利益，在发展个人的爱憎，从摇篮一直到坟墓，这其间我们总是为着自己。

而那些人呢？他们在爱人，在奋斗，在灭亡，只为的是想使世界变得更好一点，人们生活得更舒服一点。

这样，我们立在十九世纪末叶和二十世纪初年的俄国革命青年的面前还有什么话可说呢！我们从此都可悔改了罢！

在这里我所介绍的虽然只有几个人，但从这几个人中我们可以看出那他们的无数的同伴的面影来。

俄国革命青年是不朽的了！

同样的情感，在这本书最后一部分巴金把它献给他称之为"先生"的萨珂和凡宰特，熟悉巴金思想历程的人，都知道他们对于巴金的重要影响，巴金在前面的序言中满含深情地写道：

萨珂、凡宰特已经死了两年多了。然而他们的话语在至今还留在我的脑际：

"你们的休戚相关果然会把我们从地狱，从刽子手的手中救出来么？它果然会把我们送回我们所爱的人们那里么？把我们送回到阳光,到自由的风,到生活,到我们的奋斗么？

"我们现在不知道——不过我们明白如果我们回来了,我们绝不会像一个忘恩的人,胆小的人的样子而回来;如果我们死在电椅上了,我们的感激也要和我们死在一起的。我们的思想是:不自由,毋宁死。"

我们的同志是毫无遗憾地死在电椅上了。

他们像其他的安那其主义者一样以伟大以自尊以勇敢而生,又以伟大,以自尊,以勇敢而死!就在电椅上,就在临丧命的一刹那间,他们还表示出来他们是为真理,为正义,为人类而死。这样他们的一生真正算是完全的了。在生,他们是生活得像一个堂堂的人;临死,他们又死得像一个堂堂的人。难道在弗勒、赛叶、罗威尔、柯立芝那类人中,我们能够找着一个这样的人吗?那么究竟是谁胜利了呢?

凡宰特自己曾经说过:"如果不是为了这些事,那么我会在街头巷角咒骂别人,这样地过来一辈子。我会死亡,不被一个人知道。现在我们并不是失败的了。这是我们的胜利。我们一生从来不曾希望到会做出这么多的宽容，正义，人间了解的事来，像现在我们因了一件偶然的事变而做的。我们的言语，我们的生活，我们的痛苦——算得了什么！而要杀害我们的性命，杀害一个好的鞋匠和一个穷的卖鱼者的性命——那就是一切了！最后的时间是属于我们的——那苦楚就是我们的胜利！"

我相信这会成为历史的判决！

巴金的这些热血文字，均不曾收入《巴金全集》，我想新版的《全集》，不妨将《过去》增补进来，与巴金编辑的几本反映西班牙斗争的小画册和奥斯维辛集中营的画册放在一起。

然而，在深夜抄录这些文字时，我在想八十年过去了，这个世界发生了天翻地覆的变化。社会的发展和科技的进步，足以让八十年前的人瞠目结舌了。可是，从另外一个角度，又似乎没有变化，对比一下，有时难免觉得人的思想意识，还在原地踏步甚至更趋保守。人类争取自由、平等的美好愿望和重任，想来恐怕也任重道远。处在一个消费社会中，在一个娱乐占精神主导的时代，巴金这本画册所表现的一切，与今人又似乎相距甚远。我甚至想没有几个人还会对革命、献身等这样的东西有哪怕回头一顾的兴趣吧？我们这个时代充满了个人的小悲欢，与巴金和他所敬仰的那些人所追求的"为自由而奋斗，为正义而牺牲，肩着解放人类的使命，勇敢地去战斗……"的理念正相反。固然，"小悲欢"是生命实在的组成材料，但有时候，过分执着于此，它又是不是我们自设的囚笼呢？孤独、孤僻、冷漠等时代病是否也源于此呢？此时，巴金画册中所描述的那些人生事迹，虽未必都是我们的榜样，但未尝不是另一种人生的参照。

从另外一方面，我又在想，巴金还是幸福的。他有这样一些他景仰的人，不说是他的偶像，但这每个人都代表着一种价值观，他能够吸引热血青年的巴金，让我看到了巴金一代人内心中是有价值选择的。而我们呢？是不是更多的是利益的选择，而不是价值的判断、精神的抉择。从这一点来讲，我没有任何理由，让这本书和它所表达的一切轻轻地就变为"过去"。

我记得前不久在一次会议上，见一位教授读了几本苏俄的书，就在大谈如何如何的时候，我轻轻地提醒他：巴金那一代人早就接触到这些史料并在思考这些问题。

他断然说：恰恰巴金他们是错的……我不知道他看了多少文献作出这样的结论，但没有争辩什么，只是再次提醒他：对于历史和前人的判断不要这么自信，古往今来，这种自信曾让多少聪明的人变得那般愚蠢啊，对此，我就不用多举例子了吧？巴金为这本书写的序言似乎总在提醒我："过去"并未过去；"过去"通常也并不像我们想象的那般简单。

2013 年 11 月 17 日凌晨于竹笑居

《第四病室》

　　2005年4月上旬，在北京飘着柳絮的季节，我天天穿过外经贸大学的校园，去中国现代文学馆查阅巴金文库的资料。4月8日，一本扉页有巴金题词的《第四病室》跃入我的眼帘：

　　一九五五年一月四日在淮海路新华书店购得。扯去243—244一页，修改后即[寄]新文艺通联组。
　　一月十八日我得新文艺回信，主张删去甘地的一段，我并不同意他们的意见（我的原文未谈到思想），但我也照他们的意思把关于甘地的一段删去，又扯去两页。

巴金　二十日

原来巴金捐赠的这本 1953 年 9 月上海晨光出版公司第十一版《第四病室》是本残书,这其中涉及到该书非常重要的一个细节的修改。"新文艺"指接着晨光出版公司出版该书的新文艺出版社,在"新文艺版"中有巴金自己写的"内容提要":

　　　　这是一个年轻病人在当时一家公立医院中写的"病中日记",也就是作者根据一部分真实的材料写成的小说。"第四病室",一间容纳二十四张病床的外科病房,可以说是当时中国社会的缩影。在病室里人们怎样受苦,怎样死亡,在社会里人们也同样地受苦,同样地死亡。可是在这种黑暗、痛苦、悲惨的生活中却闪烁着一线亮光,那就是一个善良的热情的年轻女医生,她随时在努力帮助别人减轻痛苦,鼓舞别人的生活的勇气,要别人"变得善良些,纯洁些,对人有用些"。作者写出了在那个设备简陋的医院里病人的生活与痛苦,同时也写出了病人的希望。

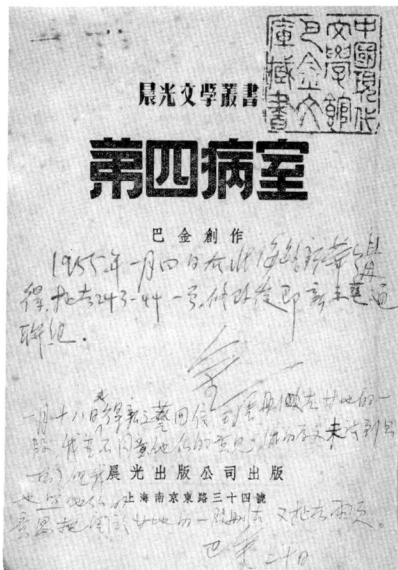

《第四病室》书影及扉页上的巴金题词

我曾经对朋友开玩笑,现在不是总在讲医患关系,还有这样的电视剧在热播吗?差不多七十年前,巴金的《第四病室》中就写到了医患关系,小说中的"善良的热情的年轻女医生"极大地鼓舞了病人,当"我"要出院时,她还送书,并"用姐姐对待弟弟的口气对我说":"我喜欢读书,喜欢认识人,了解人。多读书,多认识人,多了解人会扩大你的眼界,会使你变得善良些,纯洁些,或者对别人有用些。"——巴金提到的扯去的三页和关于甘地一段话的修改就与这个赠书、谈书的细节有关。关于杨大夫带给"我"的第二本书,最初巴金是这样写的:

　　我拿起书来,读着那书名:"在甘地先生左右",书名下面印着一幅甘地的画像,在甘地的身旁坐着一个缠着印度衣服的圆圆的中国青年。这封面引动了我的好奇心。但是在这病室里的电灯光下,我无法读这些印在土纸上面的不太清晰的小字,我决定听从杨大夫的话,把这本薄薄的小书留到明天来翻读。

但是在后来的印本中,书换成了《约翰·克利斯朵夫》:

我拿起书来,读着书名:"约翰·克利斯朵夫",书名下面有一个印着"罗曼·罗兰著",四周还有一个红色框子。书相当重,而且在这个病室的电灯光下,我无法读这些印在洋纸上面的小字,我决定听杨大夫的话,把这本书留到明天来翻读。①

"晨光版"中,赞美甘地的一段话相应也被删除了:

她摸出自来水笔,在两本书上都写了字,然后递还给我:["我喜欢这本书,它把甘地写得可爱极了(她指着《在甘地先生的左右》)。他多么善良,多么近人情,他真像一个慈爱的母亲。真正的伟人应该是这样的。你常常读这本书,就仿佛你自己在甘地身边一样,会使你变得善良些,纯洁些,或者对别人有用些。"]她的脸上慢慢地现出了光辉的笑容,眉宇间阴郁的皱纹已经消散了。[好像她在甘地的伟大的人格之前,连她个人的烦愁也已忘去了似的。]她停了片

---

① 据新文艺出版社 1955 年 5 月第一版,《巴金全集》也据此收入。

刻,忽然下了决心似的说:"我走啰。"

以上[ ]中的两段文字都被修改或删除,在"新文艺版"中,第一处被修改为:

用姐姐对待弟弟的口气对我说:"我喜欢读书,喜欢认识人,了解人。多读书,多认识人,多了解人会扩大你的眼界,会使你变得善良些,纯洁些,或者对别人有用些。"

《在甘地先生左右》是一本实有的书,由古今出版社出版,笔者所见的是1943年8月再版本。1948年4月真善美图书出版公司作为"时代丛刊第一种"还曾印行过。巴金本人藏有此书。该书作者曾圣提曾在甘地身边生活过,"这本小书是圣提为了纪念甘地先生最近的一次绝食而写的。他用十日左右的时间,朴实无华地记述他在甘地先生左右时生活的片段。""圣提对我说过,接近甘地,你便没有私念,你只一心一意地想为别人服役,为人类祈福;接近他,你不觉得自己渺小(当你接近其他的伟大人物时你会觉得自己渺小的),你只觉得自己磊落而光明,与自然万物合而为一。"①对于甘地的政治主张和斗争方式，巴金未必赞同，但他一定佩服甘地为信仰献身的精神和伟大、崇高的人格，特别是甘地对众生的博爱精神，与小说中杨大夫对病人的关心、爱护不无对应关系。显然，小说中写到这本书还是别有深意的。由此，我们才会理解，巴金在扉页上的两段题词中所表露出来的不满。

巴金的作品多有修改，但情况各有不同，幸有巴金在扉页这样的"留言"，才为我们提供了考察《第四病室》修改的宝贵线索。巴金并不是一个在细枝末节上计较的人，但一个作家对自己的作品一定会有自己的看法，又不得不屈服于编辑，做出不愿意的修改时，那就另有复杂的原因。类似的事情还发生在1962年，巴金后来创作的《创作回忆录》，可以为我们解读《第四病室》的这次修改提供参考：

我在一九六二年十二月二十六日的日记里写过这样一段话："某某人转来××的信，他认为《还魂草》收在'文学小丛书'内'不太合适'，要我另选。我

---

① 见罗吟圃为该书写的序，《在甘地先生左右》，古今出版社1943年8月再版本，第2—3页。

即复信同意抽去《还魂草》,并说我自己选不出来,只有两个办法:一、'小丛书'干脆不收我的作品;二、请他代选几个短篇凑成一本小册子,究竟怎样,由他决定。他的信中有这样一句话:'从爱护您的声誉……',我看了心里很不好过,说实话,我自己颇喜欢《还魂草》。但是抽出它我也同意,绝无怨言。只是为什么对作家一再提到'声誉'二字呢?真正的作家并不常常想到自己,他重视自己对人民、对读者的责任。我并不在乎所谓的'声誉',我也不是为'声誉'而写作的。我倒是真心想为人民服务。"我当时的看法是这样,今天的看法也还是这样。不同的是,当时我虽说"并不在乎所谓的'声誉'",其实对"声誉"二字的解释自己还不曾搞清楚,对于长官的意见、编辑同志的意见、写"内参"(内部参考)或者写"汇报"的同志的意见,我还是重视、甚至害怕的。我同意把自己"颇喜欢"的作品抽去,这就说明我有顾虑,因此我今天还不明白为什么《还魂草》"不太合适"。(《关于〈还魂草〉》)

2012 年 5 月 21 日上午

《创作回忆录》

　　谈到巴金晚年的创作，人们谈的都是《随想录》《再思录》，全然忘了他还写过一本《创作回忆录》。《创作回忆录》的写作比《随想录》还要早四个多月，它们与《随想录》同属于一个体系，回忆、控诉、反思是它们共同的基调，其价值并不低于《随想录》。比如建立中国现代文学馆的主张就是最早在《创作回忆录》中提出的。从 1979 年 2 月 12 日巴金给萧乾的回信可以看出，这不是应酬之作："我去年曾答应人文社，写一本《创作回忆录》。……你来信提到《史料》要稿，我准备把下一篇《回忆录》给他们。但我最近写文章每一篇常有两三句不合'长官意志'的话，麻烦编辑同志费神删改，因此不一定写出来就用得上。"看来，巴金清楚自己的文章可能触犯时忌，而他又不想回避这些，所以他再次选择了思想较为开放的香港，在曾敏之主编的香港《文汇报》的副刊上开设"创作回忆录"专栏发表这组文章。

其实，在1958—1961年间，随着十四卷《巴金文集》的编校和出版，巴金也曾写过一组《谈自己的创作》，巴金说："我在向我的读者讲'私话'，告诉他们这些作品是怎样写成的。"（《〈谈自己的创作〉小序》）没有想到"文革"期间这组文章被打成"作者替自己翻案的大毒草"，在上海专门开过一次批判它的批斗会。"文革"结束后，茅盾、阳翰笙、胡风、陈学昭、徐懋庸、姚雪垠等老作家纷纷写回忆录，也有人希望巴金写"回忆录"，并说这是"别人代替不了的工作"。但巴金比较看得开，他认为自己的结局应当是"烧掉拉倒"，"作家只用作品和读者见面"，不需要自己出来鸣冤叫屈，不想抬高自己也不愿贬低自己，"因此我不打算写'自传'、'回忆录'之类的东西"。而《创作回忆录》又当别论："我既然写了那许多作品，而且因为它们受到长期的批评和十年的批斗，对这些作品至今还存在着各种各样的议论以至于吱吱喳喳，那么回忆一番它们写作的经过，写出来帮助读者了解我当时的思想感情，自己似乎有这样的责任……"（《关于〈龙·虎·狗〉》）因此，从1978年7月开始，到1980年底结束，历时一年半，他完成十一篇创作回忆录的写作。围绕着作品展开回忆，又不限于作品本

巴金著

創作回憶錄

巴金
創作回憶錄

三聯書店香港分店

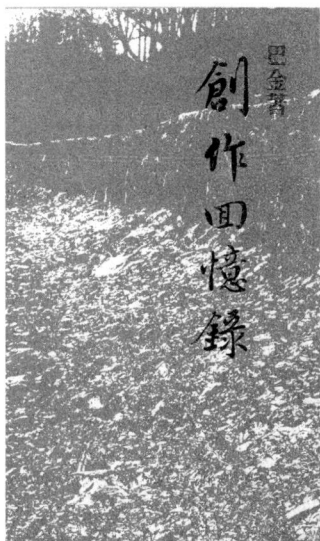

《创作回忆录》封面及扉页

身,巴金常说他写作不讲究技巧,果然有呆瓜上当,以为巴金作品就是没有技巧的,可《创作回忆录》的写作,巴金在文体上的苦心和追求也是显而易见的。

《创作回忆录》有两种版本:三联书店香港分店1981年9月繁体字横排本,封面是灰色的底图,图案为一条向远方延伸的路,鲜红的"巴金著"与浓墨"创作回忆录"的书名题字搭配在一起,既有强烈的反差又很协调。扉页上好似藏书票一样的图案也很雅致,内文用纸较好,也配了一些书影等插图。当年香港三联版的图书内容简介不知道是谁写的,都很具水准,既精准地概括了书的特点,又富有感情,比如这本书,就写道:"各文的重点不同,然而,却清楚地向我们阐明:每一部作品的产生,都因为作者胸臆中荡漾着一股激情;每一篇小说里的人物,亦无不灌注着作者生活中的各种情感。……撰写这些回忆的篇章时,作者保持了他一向坦率的态度,常不留情地剖析自我,展露出其内心的真实世界,就这意义而言,本书除了是一份记录巴金创作道路的珍贵资料外,还是一首充满了真情的长篇散文诗。"《创作回忆录》的简体字本是人民文学出版社1982年1月出版的,属《新文学史料》丛书的一种,书名像是作者自题(编者也没有标注一下),那个时代的出版物跟香港版比从设计到用纸都乡里乡气的，正文前有两页插图也印得一塌糊涂，书尾连个环衬也没有，不过印数够大，开印就是两万四千五百册。该版1997年12月曾重排重印，封面和封底都用了巴金为台湾版《回忆》一书所写的后记手迹，其实那本书是《忆》的再版，跟《创作回忆录》扯不上。更无奈的是我在网上还买过一本"巴金原著、余集芝主编"的《创作回忆录》，由台北的汉湘文化2003年2月出版。网上购书只见外表，等拿到手才知上当，这是本多位作家谈创作文章的合集，包括巴金、茅盾、冰心、朱光潜等，无怪乎要弄个主编。

我喜欢这样薄薄的百余页的书，拿在手里随便翻翻读上几段很舒服。今年春天，在广州的一个书店里居然一下子买了四本港版的《创作回忆录》，手头已有，又添这么多的复本，不能不说我对巴金这本小书有所偏爱。书中除了有很多研究巴金常用史料外，还有作者对友人的怀念，对往事的追忆，对创作的反思。往事并不如烟，它常将我从纷繁的现实中拉到历史空间，使得我有机会去欣赏另外一种气度和风范。所以，在酷暑中，我又拿起了它，一篇篇读了起来。

跟《随想录》一样，巴金在《创作回忆录》中也不断总结和反思自己,这并非是理论上的总结,而是一位作家创作上的甘苦之谈。谈到文学的作用,他说:"人为什么需要文学?需要它来扫除我们心灵中的垃圾,需要它给我们带来希望,带来勇气,带来力量,让我们看见更多的光明。"(《关于〈砂丁〉》)关于修改自己作品:"五十年中间我不断修改自己的作品,不知改了多少遍。我认为这是作家的权利,因为作品并不是试卷,写错了不能修改,也不许把它改得更好一点。"(《关于〈海的梦〉》)巴金也解释了抗战期间他的创作转变,转向写"小人小事",因为他在普通人身上发现"正直、善良的品德"和"许多发光的东西"。(《关于〈火〉》)"我始终认为正是这样的普通人构成我们中华民族的基本力量。任何困难都压不倒中华民族,任何灾难都搞不垮中华民族,主要的力量在于我们的人民,并不在于少数戴大红花的人。""我们的祖国成长、发展、壮大,绝不是由于有那些天天在会场上、在报纸上夸夸其谈的'英雄',我永远忘不了那些任劳任怨、默默工作,在困难环境中坚守自己岗位的普通人和他们做出来的不是惊天动地的事情。"(《关于〈还魂草〉》)今天,当我们谈论"底层"的时候,看到了他们身上"发光的东西"吗?还是仅仅施与他们廉价的同情?巴金回顾创作道路时候,还讲到了自己的屈辱和作家独立思考的重要性：

> 从一九六二年到现在我走了多长的路，我像一个平庸的演员跑了十几年的龙套，戏装脱掉，我应当成为我自己了。首先我就得讲自己的话，明明是自己的嘴嘛。我想起了一件事情，我小时候看见我叔父责骂听差，事后我质问他："明明是你有理，为什么你要认错？"听差说："少爷，我吃老爷的饭嘛。"……后来竟然发展到站在上海巨鹿路作家协会的草地上，对着串联的学生自报罪行："我在新中国成立前写了十四卷大毒草。"一个作家不敢爱护自己的作品，无怪乎他要遭受任何人的践踏了。(《关于〈还魂草〉》)

《创作回忆录》出版十年后，巴金谈到它时说："我写这小书倒是替几位朋友雪冤，洗掉污泥浊水，让那些清白的名字重见天日。我下笔的时候总觉得有一种力量在推动我，我要完成任务，而且我完成了任务，这小书起了作用。"(《巴金全集》第二十卷代跋)《创作回忆录》的开篇就为朋友丽尼鸣冤，后来还写到卢芷芬、王树藏、香表哥、三哥、表妹等人，当然，他无法忘记妻子萧珊，虽然有《随想录》中《怀念萧珊》这样的长文,但《创作回忆录》中关于萧珊的点点滴滴同样会打动人,如作者以抒情的笔调谈起他与萧珊的新婚之夜:

> 我们结婚那天的晚上,在镇上小饭馆里要了一份清炖鸡和两样小菜,我们两个在暗淡的灯光下从容地夹菜、碰杯,吃完晚饭,散着步回到宾馆。宾馆里,我们在一盏清油灯的微光下谈着过去的事情和未来的日子。……我们谈着,谈着,感到宁静的幸福。四周没有一声人语,但是溪水流得很急,整夜都是水声,声音大而且单调。(《关于〈第四病室〉》)

谈到两个人的生活:"我和萧珊谈了八年的恋爱,到一九四四年五月才到贵阳旅行结婚,没有请一桌客,没有添置一床新被,甚至没有做一件新衣服。将近两年的时间我们住在出版社里,住在朋友的家里,无法给自己造个窝,可是我们照样和睦地过日子。"(《关于〈龙·虎·狗〉》)这是很彻底的"裸婚"吧?小说家的文字中经常藏着个人生活和情感的秘密,读者可以一目十行读过,而作家本人却能从中看到自己的生活和亲人的影子。巴金交代《火》里面的冯文淑的原型是萧珊,《火》的第三部开头用的是他和萧珊在桂林的经历,并坦承:"要是萧珊不曾读我的小说,同我通信,要是她不喜欢我,就不会留在上海,那么她也会走这一条路。她的同学中也有人这样去了延安。"(《关于〈火〉》)抗战时,他们在敌军入城前十多个小时离开广州逃到广西,一路经历,巴金详细地记录在《旅途通讯》里面,有朋友说这"算什么文章!",但巴金认为它们"保留了我们爱情生活中的一段经历,没有虚假,没有修饰,也没有诗意,那个时期我们就是那样生活……"(《关于〈火〉》)

1972年夏天,与妻子的永别让巴金刻骨铭心:"我守在萧珊的病榻旁边,等待她需要我做什么事的时候,我几次想起了一九四四年在贵阳医院里的一段经历。难道我是在做梦?难道我没有写过一本叫作《第四病室》的小说?""今天是萧珊逝世后六年零八个多月,想到她在上海医院中那一段经历,我仍然感到心痛。"(《关于〈第四病室〉》)时光流逝,青丝变白发,然而有些事情怎能忘记?"今天我在上海住处的书房里写这篇回忆,我写得很慢……已经过了四十年,我几次觉得我又回到了四十年前的一个场面:我和萧珊,还有两三个朋友,我们躲在树林里仰望天空。可怕的飞机声越来越近,蓝色天幕上出现了银白色的敌机,真像银燕一样,三架一组,三组一队。九架过去了,又是九架,再是九架,它们去轰炸昆明。尽管我们当时是在呈贡县,树林里又比较安全,但是轰炸机前进的声音像榔头一样敲打我的脑子。"(《关于〈火〉》)又一个四十年,我想到今年的8月13日是萧珊逝世四十周年的日子,抄下巴金的这些文字,权当我对这位善良的女性的一个纪念吧。

2012年7月30日下午

《巴金六十年文选》

上海文艺出版社 1986 年 12 月出版的《巴金六十年文选》,不是什么稀罕的书,但在旧书市场上,我差不多遇到一本买一本,现在家里存有不下七八本,却一本都舍不得送人。藏书家们一定会笑我,净藏些"不值钱"的书。但对于我,书的价值是它的内容、作者,以及它与我内心相遇的珍贵情感共同构成的,就像知心的朋友又何必问出身呢?

这部书的封面是袁银昌设计的, 黑底上分三排排列着银色的书名,非常大气,至今看来仍有冲击力。我印象深刻的还有,内文中文章的标题用的是老仿宋体,隽秀可人。书的前勒口写着:"巴金亲自审定全部选目和书名。"后勒口是:"本书包括随想录、杂感、散文、序跋、演讲、书信等部分, 选入巴金从一九二七年至一九八六年六十年间的名著佳作。"多年后,我对这书的一切细节记忆犹新,那是因为它曾伴着我走过一段难忘的少年时光。

1988年春天,我读初中二年级,从镇文化站借到《春》《秋》和《寒夜》(本来说有《家》的,但不知被谁借走了,好像一直没有还回来)。读过《春》,我大受感动,"春天是我们的"也激励着我,而《寒夜》却不太理解:生活为什么那么压抑,尤其是婆媳间怎么不能好好相处呢?但巴金的作品吸引了我,很想读到更多他的书,可惜小镇上买不到。其实,在这之前,我就曾写信给出版社求购过《巴金六十年文选》,应当是1987年初,家中有一台图像不太清晰的黑白电视机,有个星期天看新闻,只有十几秒钟吧,播的就是这本书出版的消息,还有巴金先生的镜头,我恰好看到了,才想到写信给出版社买书,结果石沉大海。转过年,我们班级上订了一份《中国青年报》,我负责管理这份报纸,也就读得特别仔细,有一次,我偶然从报缝中发现福州一家书店邮购此书的广告,兴奋不已,记得连邮费共五元四角,这是当时我买的比较贵的书,记不得钱是怎么省出来的,可能还是背着父母去买的,因为他们总担心课外书会影响学习并不主张我看,想不到,读这些"课外书"才是我以后的正业。感谢福州那家书店给一个农村孩子提供了精神食粮。那一段时间,邮购书店如同今天的网上买书,上大学后,我还邮购过重印的《沈从文文集》，汇款后要十天甚至半个月才能收到书，想一想，度日如年般的等待和盼望，换来拿到书拆开那一刻的惊喜与甜蜜，至今仍回味无穷。

1988年7月7日，我的日记上写着："我总算有了巴金先生的作品了。这是今天福建邮来的《巴金六十年文选》，大三十二开，八百多页，收随想录、杂想、序跋、散文、书信、演讲等文章。篇幅众多，准备放假了细读……"《巴金六十年文选》第一部分选的就是《随想录》，这是我接触《随想录》之始，在此之前，我根本不知道巴金写过一部《随想录》，所以至今仍然比较看重一个优秀选本对于普通读者的作用和影响。当年9月7日的日记中，我写到："晚间读完了巴金的《随想录》，是倒着读的，从最后一篇读到最前一篇。不足一百五十篇，因为这是收在《巴金六十年文选》中的，所以我只能阅读一百余篇，而不能览全貌。"这是我第一次读完大部分的《随想录》，它潜移默化影响了我的人生。当时，我已上初三，但不论学业多么忙，我总有看课外书的时间，现在想来，正是这些课外书塑造了我的人生，让我受益无穷。那一年，我反复读《巴金六十年文选》中的篇章，每天步行上学，中午放学时，我飞奔回家，吃过午饭，便躲在房中读上几篇，看下午上课的时间要到了，再飞奔回校。离家读高中后，我担心住集体宿舍把书弄丢，仍将书放在家中，每逢节假日，它仍是我手边不肯放下的读物。《巴金六十年文选》的编者非常有眼光，里面选的巴金的散文、序跋都是一篇篇优美的抒情文字，那些带着感伤的语调和激越的热情伴着我度过了一个个夜晚。

后来，读到该书编者之一李济生先生所写的《编后》，才知道五十五万字的书从发稿到出书仅用四十五天，为的是要在1986年底把书出来，正逢巴金创作六十年的这个时间节点。书出版后，出版社又在1987年1月5日举办了一次面向读者的报告会，会外卖书，一个小时竟然售出五百八十二册，可见它受欢迎的程度。——这也跟那几年读者买不到《随想录》，而此书《随想录》是首选篇目大有关系。这部厚厚的大书，总计印了多少不清楚，手头的初印是两万五千六百册，四个月后（1987年3月）又加印一万四千册，到1992年4月，第三次印刷，此时总印数是四万四千六百册。那几年，出版界都在嚷嚷出书难、好书难卖，好像书店都是武打、言情小说的天下，这个印数应当是很喜人的成绩了。到1996年10月，又增补十万字，出版了《巴金七十年文选》，虽然更为全面地反映了巴金的创作面貌，但最让我心动的仍是那本《巴金六十年文选》。

虽然买了这么多《巴金六十年文选》，但我心中一直有个遗憾，就是这本文选的初版本内含一千册精装本，奇怪的是这么多年来在旧书市场闲逛，我一本精装的都没有遇见过。一千册啊，就这么与我无缘？想一想真懊恼，看冰心先生的照片，她背后的书架上就放着这书的精装本，仿佛又在诱惑着我。有一次到姜德明先生家，姜先生那本《巴金六十年文选》是巴金送他的，也是精装本，我特意提出要拿出来翻一翻。他一定很奇怪，他的宝贝多着呢，我怎么就看上这本"新书"呢？我没有跟姜先生说明理由，还拍了照片，既然买不到书，保存张照片也是念想啊。

　　想不到前不久在网上闲逛，居然接连有三四本此书的精装本出售。这些精装本都因扉页上盖了一方巴金的章，被当作钤章本卖到八百元一本，但那并不是巴金常用章，而是出版社替他刻的，《巴金七十年文选》也有部分盖了这章，正当我要忍痛下手时，忽见有位店主标价仅仅八十元，他一定怀疑这方章的真实性。几天后这本书就到了我的书架上，写这篇文字时，我还忍不住翻一翻，尽管许多篇章可以说早已烂熟于胸，但翻着这本带着情感记忆的书，心里还是喜滋滋的。

2013 年 3 月 24 日晚

有梦的人是幸福的

——关于《雪泥集》

　　如果说哪位读者手里有巴金写给他的信，我想一点都不要大惊小怪。在现代文学史上，巴金恐怕是与读者联系最为紧密的作家之一。在《把心交给读者》一文中，他提到自己早年的小说里写到一个青年作家："桌上那一堆信函默默地躺在那里，它们苦恼地望着他，每一封信都有一段悲痛的故事要告诉他。"巴金说："这难道不就是我自己的苦恼？那个年轻的小说家不就是我？"他说自 1935 年 8 月回国主持文化生活出版社编务以后，读者来信又增多了，值得注意的是："这两三年中间我几乎对每一封信都作了答复。"想一下，每信必复是什么概念啊！巴金还出过一本《短简》，收的是他在抗战前报刊上公开答复读者来信的文字，在《序》中他说："近一年来有许多不认识的年轻朋友写信给我，他们把我当作一个知己友人看待，告诉我许多事情，甚至把他们的渴望和苦恼也毫不隐瞒地讲出来了……"巴金与当时读者的关系正如他自己所言，是"知己友人"，是彼此可以倾吐心曲的朋友。

李存光先生曾保守地估计，巴金的书信应当有七千封之多，但是经过战乱，尤其是像"文革"这样的文化浩劫，现在刊出的连一半都不到。而那些尚未浮出水面的书信，特别是巴金与普通读者的书信恐怕为数不少，但却往往踪影难觅。理由很简单，通信人目标不确定,五湖四海,都是未谋一面的读者,巴金给谁回过信都很难查证,遑论征集。另外,普通读者不比著名作家,文字档案能得到整理,很多书信有机会及时"出土"。即便是这样,巴金与读者的通信也不时被发掘出来。比如几年前出版的《英子文友书简》①就收录巴金的一封信。英子本名王任之,给巴金写信时还是不到二十岁血气方刚的青年,后来并不从事文学工作,而成为一名医生。这封信里巴金说:"对于'作家'(?)还是看他的文章有意思。我自己也有过一个经验。有时因为认识了这个人,连他的文章也不想读了。……因此我还是希望你只读我的文章。可悲的是我们近来连随意发表

① 安徽人民出版社 2005 年 5 月版。

文章的自由也没有了。"(1935年3月11日,致英子)这话换作钱锺书就是:"假如你吃了个鸡蛋觉得不错,何必认识那下蛋的母鸡呢?"(见杨绛《记钱锺书与〈围城〉》)有一个细节需要多说几句,这封信的落款是一个"金"字。我忘了读什么文章,其中提到巴金给女读者的信也是署单个"金"字,作者特意点到一笔,仿佛要暗示一点什么,那么,巴金给男读者的信,不也署过"金"字吗?

巴金说:"有几位读者一直同我保持联系,成为我的老友。"(《把心交给读者》)这话不错。有一位张弘,她是南洋华侨,读了《家》后给巴金写信,后来又只身来到上海,她在这边唯一可以当作亲人的就是还没有见过面的作家巴金,是巴金安排她进了暨南大学,他们的友谊一直保持到晚年。①比张弘更幸运的是杨苡(静如),她不仅与巴金保持了多年的友谊,而且还保存了从二十世纪三十年代末到九十年代初,巴金给她的六十七封信,这就是放在我们面前的《雪泥集:巴金致杨苡书简劫余全编》。②三联书店1987年5月推出的《雪泥集》初版本,是薄薄的一小本,白

---

① 见张弘《巴金的书和我》,收李存光编选《世纪良知——巴金》,人民文学出版社2000年11月版。

② 上海远东出版社2010年1月版。

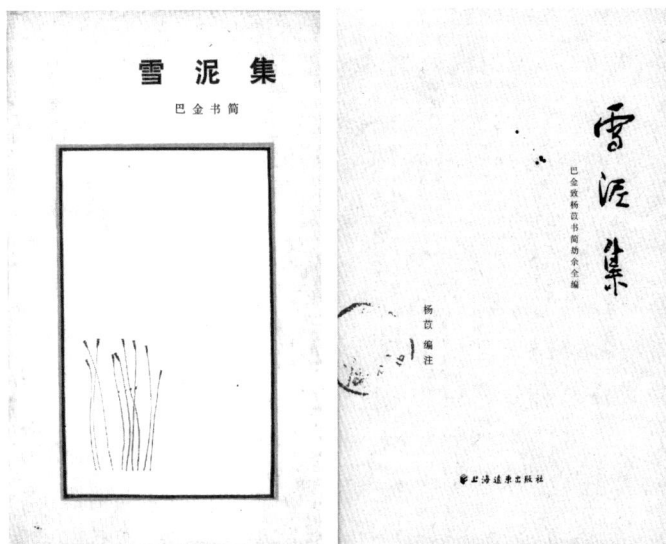

《雪泥集》的两个版本，左为三联书店1987年版，
右为上海远东出版社2010年版

白净净的,我就很喜欢;如今的"全编",高高大大的一大册,比初版多收了七封信,且配上了巴金的每封信的手迹显得更有特色。

翻读这些经历种种劫难幸得保存下来的书信,所谈无论是亲朋故友,还是生活琐事,虽然没有传奇,但也让我们看到巴金与这位读者相互鼓励走过半个多世纪人生坎坷的动人故事。杨苡思家伤感时,巴金劝她要有"大人气"(1939年1月2日)对于杨苡的个人感情问题,巴金建议任其自然并用"理智去引导它"(1939年8月12日)。当年轻的杨苡为家庭琐事而烦恼时,巴金告诉她:"人不该单靠情感生活,女人自然也不是例外。把精神一半寄托在工作上让生命的花开在事业上面,也是美丽的……我赞成人制造梦,可以用梦来安慰自己,却不要用梦来欺骗自己。有梦的人是幸福的。……两个人既然遇在一起,用一时的情感把身子系在一个共同的命运上,就应该互相帮助,互相谅解,互相改进自己。"(1942年6月7日)"一个人应该有幻想,幻想不但鼓舞人上进,还可以安慰人的心灵。可是如果单靠幻想生活,那就会发生种种的悲观思想。因为现实与幻想差得太远,永远无法叫人满足。"(1943年2月4日)巴金认为人要在琐碎的生活中建

106

立梦想实践自己的追求:"生活的琐碎事情是免不掉的,人不能因为这个就悲观绝望。对你们,生活才只是开始呢。年纪轻轻,为什么就不能忍受一些折磨?……你有空我还是劝你好好翻译一本你喜欢的书(海明威那本也好,别的也好),不要急,一星期译几百、几千字都行,再长的书也有译完的时候,慢是好的,唯其慢才可细心去了解,去传达原意。"(1942年×月4日)"书本可以消磨你一点热情,知识可以造就你的前途。年轻人的眼光应该注视未来。不应老是回顾过去。未来一定比过去更美。"(1943年1月15日)"记住你还有一管笔,你也能做一些事啊。"(1945年7月7日) 他不是无端地赞美,也有直率的批评:"你的译稿,我在三天前看过了八十多页的校样。我觉得你译得有点草率,你本来可以译得更好一点。"(1953年2月21日)"你说要译W.H.我希望你好好地工作,不要马马虎虎地搞一下了事,你要认真地严肃地工作,我相信你可以搞得好。但已出的两本书都差。我这个意见不会使你见怪吗?"(1953年7月25日)批评译稿的事情,让我想起傅雷的一封信:"平明初版时,巴金约西禾合编一个丛书,叫作'文学译林',条件极严。至今只收了杨绛姊妹各一本,余下的是我的巴尔扎克与《克利斯朵夫》。健吾老早

想挤进去(他还是平明股东之一),也被婉拒了。"①此事傅
雷在信中一再谈起,他是个出了名的严谨的人,巴金对于
译文要求之严深得其赞赏,实在不易,这里也可以看出巴
金常常不以私谊降低标准。

　　说彼此鼓励,那是因为巴金不总是扮演着导师的角
色,他也从读者和朋友身上获取信心、营养和鼓励。抗战
初期,大片土地沦陷之时,悲观的情绪在弥漫,巴金写下
《感想(一)》来鼓励那些年轻心灵:"那个天津的孩子说得
好:'我记得《The Count of Monte Cristo》书里的末一句
话:Wait and hope。我愿意如此。'这 wait 自然不是袖手等
待的意思。"这个"天津的孩子"就是杨苡,她说:"那时我
刚读完《基督山伯爵》英译本,也才看过电影《基督山恩仇
记》不久。我非常喜欢那部书的结尾。作者大仲马用
'Wait and hope' 这句话作为结束。所以我引了这句名
言。"(该书第 158 页)这句话在 1948 年的寒夜中,巴金用
它来鼓励自己度过那段战乱岁月;到 1980 年,巴金还不
能忘记它:

---

① 1953 月 2 月 7 日致宋淇,《傅雷书简》,当代世界出版社 2005 年 11 月
　　版,第 139 页。

108

我翻到 1937 年 12 月写的一篇《感想》,开头引了你来信的一段话:"⋯⋯我愿意知道你的安全。"那时你才十七岁。四十几年过去了。我不曾被"四人帮"整死,就应当写几本像样的书。《感想》的末尾也引了你的话 Wait and hope。我相信我能完成自己的工作。(1980 年 1 月 19 日)

　　巴金是一个真诚的人,我认为他的书信比日记更珍贵更有研究价值,现存巴金日记都是 1950 年代以后的,他事务繁忙,常常是记事不记"心",而与朋友与读者的信中,却常常吐露心曲,坦诚交流对事情的看法。这些都是了解巴金心迹的珍贵史料。信中谈到巴金蛰居孤岛中的上海写《秋》的情景:"这里空气很闷,我差不多就把自己关在房间里,很羡慕你们那里的广阔的天空。"(1940 年 2 月 2 日)谈在桂林的冬夜写作:"这里天气最近突然变冷,我住在高楼,晚上北风带着怒吼摇撼壁板,两腿几乎冻僵,但我仍还坐到深夜⋯⋯"(1942 年底) 在重庆主持文化生活出版社:"我不能说我整天全没有空,不过拿笔的时候,我的确抽不出工夫来写信。我在书店快做了一年的校对,看校样看得我想自杀。我的一部小说因此至今不能交卷。"

（1945年7月7日）抗战后返回上海的生活情景还有对《寒夜》的自评："我们住房耗子多，跟在重庆一样。连杂志也会拖起走。我并未忘掉你。两个星期后我还要送你一本书，那是一本新作，写一个读书人怎样活着，怎样死去。沉闷，恐怕不受人欢迎。"（1947年3月2日；此信编者勘定日期为1948年，但《寒夜》初版于1947年3月，根据信中信息，此信当写于1947年。）1950年代，巴金的社会活动明显增多："……信也无法写，我事太多，收到的信也多，一耽搁连信也找不到了。除了熬夜什么事都无法做。"（1951年7月2日）谈"文革"岁月："（一九）六二年我给一个友人写信时对姚文元讲过不敬的话。'四害'横行时，晚上睡觉都不安稳，写了日记又撕掉，怕给家里人添麻烦。那些可怕的日子，那些可恨的日子！想想当时的气氛，觉得做人做到那样真没意思！但是我相信'四人帮'在上海在中国的横行不会长久，我一定要活下去，看到他们的垮台！"（1977年3月28日）

　　巴金在信中谈到一些对于具体事情的看法，对于了解他晚年的思想有很大的参考价值。"我没有写回信，只是因为我开了整整一星期的会，而且会前写了发言稿，又写了文章。好久没有写文章，起初真感到不知从何写起。

EX-LIBRIS 雪泥集

Only the strong acknowledges his fault, only the strong is humble, only the strong forgives — and indeed only the strong laughs, though often his laughter is equal to tears.
(巴金 C. Garnett 的译文)

EX-LIBRIS 雪泥集

《雪泥集》藏书票两幅,上为巴金与杨苡合影,下为巴金为杨苡的题词但是写完我也感到痛快,因为我讲了心里的话。"四人帮"专讲假话,那么讲真话也是同他们对着干吧。"(1977 年 5 月 29 日)这是写《一封信》的心境自述,这是他"文革"后第一次公开表达心声。我特别注意这封信中提到的"讲真话",这可能是"文革"后巴金第一次明确提出"说真话",并且有针对性,就是针对那些"专讲假话"的"文革"话语。此时,巴金还没有开始写《随想录》,但对于"讲真话"的问题,他显然早有考虑,对于"文革"的反思同样早就开始。谈到《随想录》的写作,巴金说:"我写《随想》都是借别人的事讲自己的话,不会'介入'什么,请放心。我只是讲我对年轻作家和'老'作家的一些看法,随便举一个人为例,未提姓名,即使得罪人,也无所谓。我倒赞成年轻作家'狂'一点,三十年来我接触到的'唯唯诺诺'的人太多了。"(1980 年 12 月 28 日)对于社会上的传言:"脑子十分清楚,对生死问题也看得明白,一切毁誉都不在心上,相信颇有自知之明。我活下去只是为了'给',不是为了'取',这样的生命是有光彩的。我的情绪一直很好。关于我的谣言一直在流传,不是结婚,就是挨批,然后就会是死吧。'死'了也不会让人安宁。"(1981 年 3 月 18 日)关于反响强烈的中国作协的第四次代表大会,他说:"这次作协代表大会开得很好，开了头就好办了。'作家必须用自己头脑来思维'，祝词里讲得很明白。可能还有人想抵制，但作家们就不能反抗抵制吗？"(1985年1月20日)"文革"前，巴金的发言自由靠别人赐予，经历过"文革"，巴金认识到所谓的创作自由是作家争取来的，很多伟大的作家即使在没有外界自由的条件下照样能写出伟大作品，可见更重要的是作家自己的思想独立、心灵自由。别有意味的是三年后，谈到第五次全国文代会，巴金的评论却大不一样："文代会开完了，有人说并未开得一团和气，倒是一团冷气。开幕前郭玲春两次打开电话要我发表意见，我讲了几句，都给删掉了。我讲的无非是几十年前开的'双百方针'的支票应该兑现了。没有社会主义的民主，哪里来的'齐放'和'争鸣'之类。花了一百几十万，开了这样一个盛会，真是大浪费。我的确感到心痛。"(1988年11月20日)

忘了谁说过，"巴金说'讲真话'，怎么什么什么事情没有出来发言？"我想，巴金一不是吹鼓手，二不是新闻发言人，凭什么遇到你认为重要的事情都要出来讲话？但从上述的言论也不难看出，老人有些话讲得也很尖锐。

在这批通信中，巴金和杨苡始终在谈一个人，那就是当时困居上海的巴金的三哥李尧林。从六十年后,杨苡的那篇《梦李林》中可以看出她对李尧林的一片深情。他们1938年相识于天津(应当是巴金介绍的吧),曾在海河共对远去的白帆,杨苡后来曾在诗中说:"你可还会有闲逸的情绪,待我去眺望金色的海河,当我的心里燃烧着忧郁,看那些船只疾疾地驶过?""只要同你走,不管什么路,我不会还有更美的希望!""但命运伸出来它一只手,在你我中间划一道冰川,当我要一点微笑和温柔,我却感到了冬日的严寒!"①为什么从"更美的希望"到"冬日的严寒"?杨苡到昆明读大学后,一直等着李尧林的信,也等待着他的人到来,但或许是性格的原因,使得他们产生了误会:"漫长的等待在一封封长信中消磨殆尽。然后一连串的由于传言而造成的误解,加上我这个被娇惯坏了的小妹妹的胡思乱想,特别是由于时局的突变,通信越来越迟缓,多少想说的话最后也只能吞咽下去,结成一连串的苦果……"(《梦李林》)杨苡后来迅速结婚了,无法猜测这里面有没有跟李尧林赌气的性质,但在一次轰炸后,正要做母亲的杨苡,觉得自己要不久于人世,"于是我给李先生写

---

① 《寄——to L》,《巴金的两个哥哥》[增订本],中国华侨出版社2009年1月版,第73页。

114

了很长很长的信,吐尽了我心中所有的委屈、抑郁和恐惧。仿佛一个临终前的虔诚教徒对他的神父的忏悔。从此杳无音信,甚至连一张敷衍的贺年片也没寄过,而他情愿滞留在上海,再也不提到内地的事了。我想我是惹怒了他,使他对我感到失望,感到头痛。过了两年我又开始写长信继续等待,但即使是他的四弟也没办法说服他的冷漠……"(《梦李林》)巴金在信中也多次替三哥解释:"望你快乐地好好地生活,我和哥哥自然把你当作妹妹看待。我哥哥性情冲淡,做事迟缓,与你性情差得远,故有误会。其实他对你还是不错。他去年一年只给我写过一封短信……"(1943年2月4日)但在杨苡的心底,这股感情的火焰始终扑不灭:"带我入梦的人,你在哪里?你可还会有闲逸的情绪?为什么我不能再看到你,当我的心底燃烧着忧郁?"[1] "低低一声'再见',坠下了地,我说,巴望一张有字的纸,人走了,一个背影不回头,空留下一掬怅惘与哀愁。"[2]后悔我要得太多了,而你,吝啬地把你的感情锁起,事情过去了,你总该明白,我多珍惜我们那段友谊!"[3]一直到1953年冬

---

[1] 《寄——to L》,《巴金的两个哥哥》[增订本],第74页。
[2] 《寄 L Sonnet Ⅲ》,《巴金的两个哥哥》[增订本],第71页。
[3] 《幻——L》,《巴金的两个哥哥》[增订本],第75页。

天，杨苡来到李尧林的墓前："死神骤然把我的梦幻击碎，留下了一串串苦果的记忆；即使我能在你的墓前哭泣，也不能缩短这永不能缩短的距离！"①

去年冬至，我到南京拜访杨苡先生，那个午后，老人沉浸在回忆中，她多次谈到李尧林，平淡的语调背后有岁月不曾风干的浓情。

那天，我也翻看了新版《雪泥集》的校样，杨苡提到了另外一个人，她是在天津中西女中的同学林宁（时名嘉蓁）。这是巴金的另一个读者，她差不多是与杨苡同一个时期给巴金写信的，巴金在散文《醉》里引用的"年轻的中国的呼声"就是林宁给他的信；后来她去了延安，巴金还写信赞许过她的选择；1956年巴金访问德国的时候，他们才在国外见上第一面，一直到1985年他们又在北京重逢。林宁说："我是一九三六年三四月到四五月间和先生开始通信的。……我们当时为什么不选其他作家，不约而同地选择了巴金先生作为可以信赖的、求教的作家？我说'求教'是用的现代词句，当时还不是求教，而是敬爱他，信赖他，向他倾诉我们的心声。我清楚地记得，当时我卷

_____

① 《祭》，《巴金的两个哥哥》[增订本]，第77页。

进"一二·九"运动后,心头像一团火一样在燃烧,血管里流淌着的血要沸腾了,要爆炸了,一个十八岁的年轻人的心承受不了在燃烧的火,要爆炸的血管,她在寻求一个支持者,一个承受者,帮助她承受这火,这血。巴金先生是这样做了,他理解、同情、支持我们当时那些极为幼稚可笑的想法和行动。我告诉他,我们办墙报,搞营火晚会,划船到墙子河中央去放声唱歌,他完全能理解并同情我们。我的心得到了安抚。"①1985 年 4 月 2 日上午,林宁到宾馆看巴金,告别时巴金送她出来,"我三次回头,仍望见他站在门口。这是一位老人的深情送客。半个世纪的友谊在彼此心中始终没有泯灭,难道世界上还有比这更宝贵的东西吗?"②

《雪泥集》中收的最后一封信,写于 1992 年 9 月 22日,信中巴金抱怨自己的衰老,行动不便、写字困难。其中有这样一句:"想想写《雪泥集》那些信函的日子真像在做梦。"

---

① 《林宁致杨苡》1985 年 3 月 8 日,《雪泥集:巴金致杨苡书简劫余全编》,上海远东出版社,2010 年旧版,第 99 页。
② 《林宁致杨苡》1985 年 3 月 8 日,《雪泥集:巴金致杨苡书简劫余全编》,第 99 页。

117

飞鸿踏雪,偶留指爪,人生何似,青春一梦……巴金与读者的事情总也说不完。

2010 年 5 月 8 日午后

人们，你们要警惕

——谈《巴金选编配文反法西斯画册四种》

对于我们这一代人来说，战争只是历史教科书上遥远的故事，是时间、地点、人物的文字组合，时间带走了血与火，剩下的是冰冷的记忆。难道战争真的离我们很远吗?在新世纪的开端回首来程，人类的历史真是一路烽火。就是在此时此刻，地球上也不知有多少处在不平静的枪口和炮火下。哪怕就是在温馨的家园中，多少人手捧的是关于军事、兵器知识等内容的杂志，或许我偏激，那些杀人武器无论如何精美绝伦，都丝毫引不起我的审美感受，我感到的只有可怖。我还看到那么多人嚼着口香糖漫不经心地在谈论着战争，仿佛一切只是美国大片。所有这一切我都觉得是人的一种潜意识的流露，这种流露让我不由得想起伏契克在《绞刑架下的报告》中的一句话:人们，你们要警惕!五十五年前,巴金先生在他所编的一本画册的

《前记》中就曾引用过这句话。

摆在我面前的就是巴金编的几本画册:《西班牙的血》(西班牙，加斯特劳绘)、《西班牙的苦难》(加斯特劳绘)、《西班牙的曙光》(西班牙，幸门绘)、《纳粹杀人工厂——奥斯威辛》(绘画、照片集)，巴金分别在抗战初和建国初翻印了这些画册，并为每幅画配上了简短有力的解说文字。在巴金一生洋洋千万言的著述中，这几行字实在算不得什么，然而在二十世纪九十年代初，他竟把这几本画册收入自己《全集》的第十七卷中，并解释当初翻印这批画册的原因:"当时西班牙内战十分激烈，我翻看他们的作品，只是受到艺术魅力的感染，用这些画作为武器来打击纳粹——法西斯。"异国受难人民的控诉和反抗的呼号，同样会激励我们受难的同胞，巴金这是借他山之石，励中国人之志。

画家笔下直观形象的绘画，加上巴金画龙点睛的解说文字，让我们看到血淋淋的战争场面。"冤沉海底"，画面是一个人被拴在一块巨石上给扔到了海底，"连自己的亲人也不知道他们的生死。这真是冤沉海底了。"更为令人震撼的是一位受刺激的母亲抱着一根木头当儿子，因为敌人杀死了她唯一的儿子，"这个打击太大了……她忍

巴金选编配文
BAJIN XUANBIAN PEIWEN FANFAXISI HUACE SIZHONG
反法西斯画册四种

上海社会科学院出版社

《巴金选编配文反法西斯画册四种》书影

受不了,她相信抱在她手里的不是一块木头,却是一个活生生的小孩。她哭着,笑着……低声唤他的名字。"此情此景,谁能无动于衷？个体生命的毁灭,让人联想到整个人类的命运,位于波兰的奥斯威辛集中营,"从外表上看,这里好像是机关职员的宿舍,或者中产阶级的舒适的住宅",门口还有一行"劳动使人自由"的德国字,然而在这里,纳粹匪徒曾杀死四五百万犹太人、波兰人、苏联人等。在这里,十五个焚尸炉"每天可以烧掉三千两百具死尸。四个新式焚尸所每天还可以烧掉一万两千人。据说最多的时候全部焚尸炉日夜不停地工作,每天可以烧掉两万四千人。"1944 年 8 月,毒气房每天要毒死四万人。在这里,纳粹撤退时来不及运走的女人头发就有七吨重。在这里,不但没有人道,连兽道都不存在,想想我们的兄弟姐妹蚂蚁都不如地被折磨死,真觉得比进了地狱还可怕。

所有这些,都是那个扯开胸腹满是骷髅的法西斯造成的,巴金为这幅画题词:"这就是法西斯蒂的上帝。他永远散布着扰乱的种子,他用火、用剑、用炸弹、用大炮,要毁灭一切和平的城市,在废墟上建立起他们的宝库来",他们要建的"天堂",有的"只是死亡和凄凉"。不身临其境,恐怕难以体味其中的恐怖,巴金在一篇文章中就曾描述过在

巴金藏《西班牙的曙光》原画

飞机轰炸下过日子时自己的心境："我们的生命犹如庭园中花树间的蛛网，随时都会被暴风雨打断……今天还活着谈笑的人明天也许会躺在寂寞的坟场里。飞机在我的头顶上盘旋了三天了。谁能够断定机关枪弹和炸弹明天就不会碰到我的身上？"谁不知道生的美好和可贵？然而，并不是人人都可以安宁地享有这一切，巴金用画册控诉法西斯的罪行，激起人们的义愤，同时也让我们看到自由、和平的真正分量。唯其如此，才更需要我们警惕，不但警惕那种拿着枪炮的法西斯死灰复燃，也要警惕那些法西斯的变种在我们的生活里阴魂不散——它们以各种方式来破坏人的自由、限制人类的精神追求，把人沦为另外一种囚徒和奴隶。

那段历史一直在警示后世，让今天生活在幸福中的人们保持一份清醒和警惕：历史并不是过眼烟云，它时时都有重演的可能，并处处在影响着后来人的生活。今年4月，我在中国现代文学馆查阅巴金先生的藏书时，竟然意外地发现了巴金先生选编《纳粹杀人工厂——奥斯威辛》所依据的原版书 *LES CRIMES ALLEMANDS EN POLOGNE*，这本控诉纳粹在波兰暴行的外文书已经显得有些破烂，它静静地躺在书库的一个角落中。书的衬页上有巴金用英文写的一段话,扉页上有巴金的中英文签名,还盖有印章。有一页的插图旁还夹有纸条,是巴金指定翻印者翻印两幅图中的一幅,这也可以确证,这本书就是巴金编选、翻印画册的原版书。居然有这么巧的事情,手捧着这样一本书我惊喜不已。巴金在1950年曾经到过奥斯威辛,并写过长文控诉纳粹的罪行,而这本书一定为他提供了不少资料。此书中有着相当多图片,当年巴金在编选画册的时候只是选用了一部分,还有不少没有选用的照片也非常刺目和惊人,这次重印,我们适当地选用了一些使本书的内容更为充实。一个甲子过去了,书页也发黄了,可是我觉得照片上的那些受害者的伤口上如今还滴着鲜红的血,奥斯威辛不仅是波兰的伤口,也是整个人类的伤口。因此,不论是作为对当年受害者的一份纪念也好,还是对后来者的警醒也罢,重印这四本画册,我们和所有人的愿望是一致的:但愿从此人类不再受伤,但愿人间从此充满阳光。

1997 年 7 月 10 日晚初稿

2005 年 8 月 10 日于大连重订

巴金的伪书

一

《巴金文库目录》(文化艺术出版社,2008 年 12 月版)小说辑中载有三本书:《初升的太阳》(香港南粤出版社,1960 年 11 月版)、《怯弱的人》(香港一家书店,无出版时间)、《人生》(上海励志书社,1942 年 3 月版),目录上"著者"一栏均标明为"巴金",并在备注中注有"巴金题记"。这是极其容易误导读者的著录,让人误以为这都是巴金写的小说。其实,这是三本借巴金之名出版的伪书,巴金的题记就是愤然谴责书商的这种不法行径的。

颇具讽刺意味的是《人生》一书的版权页赫然写着"版权所有翻印必究",标价是一元二角。巴金就在这页上用毛笔写下这样一段话:

这本旧书是我在一九四九年从北京买回来的。原作者不知为何许人。我写不出这样的作品。书商真可恨！

   金 一九六三年三月九日

1949 年，为出席首届文代会和新政协会议，巴金两赴北京，这书当为会余所购。另外两本则是香港书商所为，《怯懦的人》扉页上巴金题曰：

这本小说不知是什么人的大作，总之与我毫无关系。这个样本是香港余思牧先生寄来的。

   金 一九六三年三月九日

这是本短篇小说集，包括《婚礼进行曲》《呼吁》《残渣》等篇目，具体内容，我实在没有耐心看，待专门研究伪书的研究者去查阅吧。不过，巴金的这些题词将来倒不妨收到修订版的《巴金全集》中。

《初升的太阳》一书的封面仿照巴金二十世纪五十年

代在平明出版社出版的一系列作品集的设计，这似乎是本很认真的伪书，版权页出版单位、时间、印刷处一应俱全，当然也少不了"版权所有不准翻印"，另外还标明了出版商南粤出版社的通讯处为"香港九龙伟晴街250号"。小说的开头是"一九四五年，一个炎热的日子里。"莫非作者读过巴金的小说《死去的太阳》？《死去的太阳》的第一句是"一九二五年六月一日晚间十一点钟……"也是以一个时间点开头的，而且两本书的书名竟这么对应！伪书的结尾作者还堂而皇之地署上："一九五三、二、十七日在九龙"。

巴金在书的扉页上题曰：

> 这本书也是余思牧寄来的。我从没有写过这样的东西。书商真可恶！

> 金　一九六三年三月九日

看来1963年3月9日那天，巴金接连整理了几本伪书，查他当日日记，果然记有："收到余思牧寄来翻版书三种。其中有两种是别人的著作，却用了我的名字出

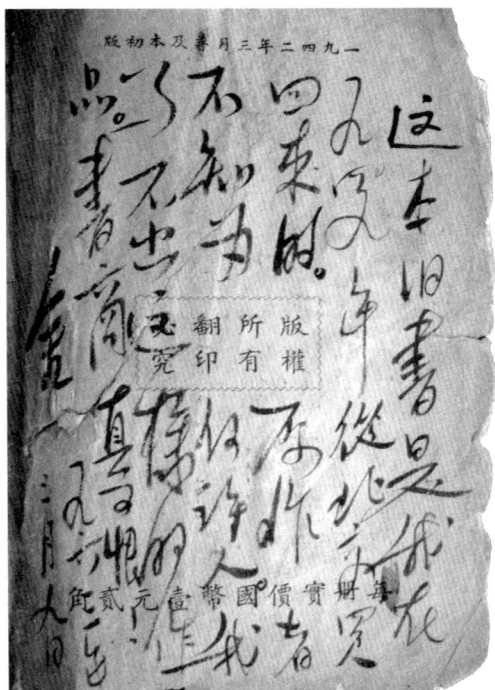

伪书《人生》中巴金题词

129

版。"①当年3月12日,巴金在给余思牧的回信中说:"您寄来的一包书也见到了。《怯弱的人》两书都不是我的作品。那些'书商'真可恨。倘使不是您把它们寄给我,我做梦也想不到会有这种事情。"②从旁观者的角度看,盗印和伪托他的名字出书,是因为他在读者中有影响且有市场价值。巴金一生中碰到不少这种事情,一直到晚年还说:"但是在作家中我可以算作不幸的一个:我的作品的盗版本最多,有的'选集'里甚至收入了别人的文章。我不能保护自己的权利,制止盗版和不征求同意的编选,我便亲自动手编印选集,不让人在我的脸上随意涂抹。我要保持自己的本来面目。"③可见,巴金维护版权并非是为了稿费,而是为了"保持自己的本来面目"和对读者负责,这才是一个作家更看重的事情。在巴金看来,"书商"不是一个很光彩的词,因为他们只关心赚钱的事儿,不考虑读者利益和文化积累与长远建设。

当然,今非昔比啊,如今"赚钱"已经被打扮成"经济效益",而成为各出版社的生命线;而"书商"也成为文化

① 《巴金全集》第二十五卷,第220页。
② 《巴金全集》第二十四卷,第22页。
③ 《谈版权》,《巴金全集》第十六卷,第502页。

这本书也是金思收亡表的。我从没有门进这样的东西。书商真可恶！

金 一九六三年九月九日

伪书《初升的太阳》中巴金题词

131

大发展的急先锋、拯救出版业的圣斗士了!

2011 年 12 月 31 日

二

唐弢先生在他的书话中曾写到过现代文学出版中的一些伪书,他说在图书馆查卡片,竟然查出不少著名作家的单行本"为我所不曾见过,甚至也不曾听说过",如署名鲁迅译的《一个秋夜》(上海新文艺书局 1932 年版),内收十六篇小说,竟然无一为鲁迅所译。托名蒋光慈出版的书就更多了,要么是窜改他的作品,要么是别人的作品冒名出版。蒋氏"革命加恋爱"模式的小说当年肯定极为流行,连文坛老将茅盾出版不过半年的短篇小说集《野蔷薇》,都被爱丽书店以蒋的名义改名为《一个女性》偷印了。①

对于出版商而言,要的是市场上闪亮的金字招牌,他才不管张冠李戴,还是乱点鸳鸯谱呢! 但是,对于后来的文学研究者,却要有一双明辨是非的慧眼,而不能雾里看花。其实唐弢在当年已经提醒我们:"我之所以

---

① 旷新年:《1928:革命文学》,山东教育出版社 1998 年 5 月版,第 96 页。

不惮烦地指出这些，无非是说，张冠李戴，以假乱真，这是我们今天编目时候必须辨别清楚的；至于滥改原文，佛头着粪，则更有待于研究工作者作进一步的分析与考订。"[1]

唐弢把托名出版的伪书与未经作者授权的盗版书放在一起称为"翻版书"，而我还是想区别一下，因此特意谈"伪书"。我想很多盗版书或翻版书，虽然未经作者授权，属于没有契约的非法出版物，但毕竟书还是这个作者写的；而我说的"伪书"，是盗用作者的名义，内容完全与署名作者无关。查《辞海》，伪书古已有之，而且情况也各不相同，如有的是原作者无考而托名前人的，有的是成书较晚的托名前人的，也有原书已不存而后人有意伪作的。这也带来了另外一项学术工作，就是辨伪，清人姚际恒就著有《古今伪书考》。很显然，在图书市场化不是很充分的年代，制造伪书是别有目的，不像后来，几乎完全是为了逐利。

作为拥有读者最多的新文学作家之一，巴金当然不会被书商轻易放过。无论是伪书，还是盗版书，他都屡次

---

① 唐弢：《晦庵书话》，生活·读书·新知三联书店 2007 年 7 月第 2 版，第 65 页。

遭遇过。很多情况,巴金自己也很清楚,前年披露的一封二十世纪五十年代致人民日报社编辑部负责人的信中(此信《巴金全集》未收),巴金说:

> 其实盗用我的名义刊行的书十几年前就在市场上出现过了,记得1941年我曾在香港大公报文艺版上发表过一篇通信,揭发翻版书商盗用我的名义刊行的书。

> 它们可以分两类:一类是将我的原著删节修改后重印的,如十几年前在长春、大连等处出版的《家》《春》《秋》《雨》《电》等和后来在北京翻印的《点滴》《忆》《春天里秋天》等;另一类是将别人的文章用我的名义刊行。后一类的书除了你们寄来的《结婚三部曲》和我曾经见过的《驴》之外,还有一本"1942年上海励志书社出版"的小说《人生》。所有这些翻版书都是通过图书摊贩向读者推销的。过去我没法向图书摊贩交涉,我也找不到翻版书商的地址,即使找到了,我也对付不了他们。[①](约1955年

---

① 郑鸣主编:《关于记者:郭超人新闻思考》, 新华出版社2010年6月版。

134

1 月 10 日)

写此信缘于新华社记者郭超人在北京海淀镇的一个小书店发现一本署名巴金的小说《结婚三部曲》,读了后觉得内容低俗,与巴金文笔相去甚远,就买下书,并给《人民日报》的编辑写了信,求证真伪。信和书转到巴金手中,巴金分别给报社和郭超人回了信,称自己从未见过这书,并愤愤地说:"十几年来这类翻版书商不知干了多少坏事,许多读者,许多作家(不只我一个)都受过他们的害,而一般摊贩也是受了欺骗才来替他们做推销工作的。"(约 1955 年 1 月 10 日)这封信上,巴金还说抗战时期就有人盗用他的名义出书,他当时还在《大公报》上声明过,这封信现在收在《巴金全集》第 24 卷中,信上说:

昨天得到一个南洋朋友来信,他见到一本叫作《驴》的短篇小说集,说是"民国三十年三月在上海初版"的。在版权页上印着:"著者:巴金。发行者:虹虹出版社。代售处:星加坡上海书店;香港星群书局;本埠中国图书公司。"这不是我的作品。我从没有写过叫作《驴》的小说。又有朋友告诉我香港星群书局的寄售书目上,有一本巴金著的短篇小说集,题名《父子》。我好多年前写过一篇题作《父子》的散文,但后来就改作《一件小事》编在《短篇小说二集》。我并没有出过一本叫作《父子》的书。(致香港《大公报·文艺》编者,1941年7月17日)

其实,二十世纪五六十年代,东南亚国家和地区翻印巴金的书更多,这当然是由于政治及地域阻隔造成的,但也从另一方面反映了读者的阅读需要。巴金捐给现代文学馆的书中,就有一本香港竟成书局1961年1月出版的《玫瑰花的香》,是本短篇小说集,收小说十一篇,倒全是巴金的作品。上文提到的《驴》《父子》《结婚三部曲》,我都没有查到原书。关于《结婚三部曲》,巴金在致报社编辑部负责人的信里只说1947年新版,没有说哪个出版社出的。非常有意思,在整理资料时,我找到了这封信的半页底稿,上面倒多出这么一段:"书后面虽然印着'1947年新版',出版者'上海良友出版社',但当时上海并没有发现这本书。这本书可能是在最近才出现的。"在巴金捐赠中国现代文学馆的书中,我还发现了一本伪书,上海前进书店1946年

8月出版的《生死》，为"文艺丛书"之一种，六十八页，北京图书馆编《民国时期总书目》中的著录非常严谨，把它列在散文、骈文类，只列"梦文选辑"，没有列作者名字，并交代："收《童年》《家长》《现实》《文明戏》《生意》等十九篇。书前有编者的序言。封面及书脊丛书名为《文艺丛书》。所收各篇未署著者名。"①

此书扉页上仍有巴金毛笔题记：

> 翻版书，不知是谁的作品，总之与我不相干。我在北京旧书店里买到它，但记不清是哪一年的事了。

金　一九六三年三月九日

姚际恒在《古今伪书考》的序中说："造伪书者，古今代出其人，故伪书滋多于世。学者于此真伪莫辨，而尚可谓之读书乎！是必取而明辨之，此读书第一义也。"不知当今是否有有志者也写本"新文学伪书考"，有些事情今天尚可

---

① 《民国时期总书目》文学理论、世界文学、中国文学卷第 1126—1127 页，书目文献出版社 1992 年 11 月版。

辨别,再过一百年就不好说了。

2012 年 1 月 9 日凌晨

辑 二

《巴金文集》①

　　十四卷本《巴金文集》是巴金第一部大型多卷本选集，巴金说《巴金文集》是"一九五七年人民文学出版社决定出……我早也想在六十岁的时候整理一遍，印一点送朋友"（《答谭兴国问》），可见对于编文集巴金是慎重对待的。从1957年到1961年，在文集的编选过程中巴金做了最为集中和最大规模的一次作品修改，文集本的作品呈现了当今巴金作品"定本"的基本面目。因为三十年后出版的《巴金全集》前有声明：凡是收入四川版十卷本《巴金选集》者据其排校；未收此集者据十四卷本的《巴金文集》排校。而

---

① 《巴金文集》，共十四卷，人民文学出版社，1958年3月至1962年8月出版。各卷出版时间分别为：1：1958.3；2：1958.3；3：1958.4；4：1958.5；5：1958.8；6：1958.10；7：1959.6；8：1959.6；9：1959.10；10：1961.10；11：1961.10；12：1961.11；13：1961.12；14：1962.8。香港南国出版社，曾于1970年11月翻印。

实际上,四川版十卷本《巴金选集》编选中,作者对作品有所修改但数量并不很大,它的底本就是十四卷本《巴金文集》。而《巴金文集》相对于以前的各单行本可就大不一样了:巴金过滤掉很多不适合新时代的信息,做了语言文字上的规范,甚至增加章节、修补人物形象。如巴金让《家》中的婉儿活了下去,又在《春》里补写了婉儿回到高家给太太拜寿的一章;修改了对克安、陈姨太等人的苛刻评价,让他们更真实些。还有比较引人注目的修改是《火》的第三部中,作者让冯文淑离开了昆明去了延安,刘波和朱素贞都活了下来。除此之外,《巴金文集》中还有巴金添加上去的能够反映他二十世纪五六十年代思想状况的注释等。因为这些,使得这套《巴金文集》在考察巴金著作修改和演变过程中有着非常独特的版本价值。

在当时,健在的作家能出版文集,那是只有郭沫若、茅盾、叶圣陶和巴金等少数几人才享有的殊荣。但将自己的旧作拿出来示众也是极其冒险的一件事情。事实上,一些人对出版《巴金文集》还是议论纷纷的。唐弢在一篇文章中就曾谈到:"巴金同志出版文集,印行早期作品,上海的党领导认为当有一篇自我批评的序文,检查他早期思想的错误,与小说同时刊行,而竟阙如,因此姚文元已经写

十四卷本《巴金文集》书影

143

好一万余字的长文,准备'迎头痛击'。"①虽然巴金对《巴金文集》中的作品做了相当的修改,但仔细查对他的修改不难发现,这种修改是相当谨慎的,并非大笔一挥彻底改变了作品的本来面目,而常常只是做一些挖补工作,作者还是坚持以使作品艺术上更完美、更符合生活实际为标准的, 这些修改也大体体现了巴金的真实想法而非一些人想象的"趋时",也正因为如此,巴金一直强调:"不论作为作者,或者作为读者,我还是要说,我喜欢修改本,他才是我自己的作品。"(《关于〈海的梦〉》)

从选目而言, 巴金也不想掩饰什么, 他说:"《巴金文集》出到十四卷为止,我在新中国成立前写的作品(应指文学创作——引者)全收在这里面了(删去的不过百分之一二)。"(1961年12月28日,致彼得罗夫)而《茅盾文集》共十卷,许多文章都没有收进来,大约仅仅是实际创作量的二分之一。当时,把那本"宣扬虚无主义"的《灭亡》放在《巴金文集》卷首,不能不钦佩巴金的勇气。果然,马上遭到姚文元的"迎头痛击",他在1958年10月出版的《中国青年》第十九期上发表《论巴金小说〈灭亡〉中的无政府主义思

---

① 唐弢:《怀石西民同志》,《唐弢文集》, 书目文献出版社 1995 年 3 月版,第十卷第 487 页。

想》，可能这篇文章和接下来轰轰烈烈的所谓"巴金作品讨论"影响了文集的原定出版设想。因为计划中《巴金文集》有十五卷，收录巴金1960年以前的主要创作："第十三卷共收三部中篇，即《憩园》《第四病室》和《寒夜》。第十四卷是朝鲜的通讯和小说（里面有个中篇尚在写作中），第十五卷便是新中国成立后写的散文游记集。我预计在明年年底把《巴金文集》全部编好。一九六〇年底以前的作品都可以收在《巴金文集》里面，删去的文章不过百分之二三。"（1959年8月3日，致彼得罗夫）当然，还有一个直接原因，三年困难时期纸张紧张，出版社不得不适时调整了计划，巴金就曾经说过："第十、第十一两卷我已看过校样。但是因为纸张缺少，今年年内可能印不出来。"（1960年6月下旬，致彼得罗夫）所以，他决定"《巴金文集》出到第十四卷为止……新中国成立后的文章我打算再过几年另编《巴金文集》续编。"（1961年12月28日，致彼得罗夫）

出版多卷本的文集是任何作家都感到欣幸和有成就感的一件事情，没有想到它却成了"文革"中巴金的精神负担，十四卷本的《巴金文集》被视为"大毒草"、"邪书"跟随巴金屡受批判并祸及家人。在萧珊弥留之际，巴金甚至想："我多么想让这对眼睛永远亮下去！我多么害怕她离

145
145

开我！我甚至愿意为我那十四卷'邪书'受到千刀万剐，只求她能安静地活下去。"(《怀念萧珊》)大约正是因为有着这样的痛苦记忆，新时期人们又在争抢巴金作品的时候，他自己断然宣布："我今后不会让《巴金文集》再版，重印七八种单行本我倒愿意。"(《毒草病》)这可苦了我们这些后辈，十四卷本《巴金文集》成了我最难以搜全的巴金作品集。香港南国版的在内地自然不易得，人文版的已经出版了四五十年，更要命的是这套书当年阅读率和出借率极高，现在能够买到的各分卷真是惨不忍睹：卷边，掉页，污损，缺封面的，没护封的……开始我还有洁癖坚决不要，后来发现没有更整洁的了。有一次读到茹志鹃的文章，让我明白了《巴金文集》在"文革"中的另外一种境遇：

在十年浩劫的第二年，砰砰嘭嘭的"扫四旧"一开始，我由于胆小，也是由于老实，自动地卖掉了很多书，几乎是我小小藏书的四分之三。但我也耍了一个花枪，在《鲁迅全集》的背后，埋伏了一套《巴金文集》。这是巴金先生通过萧珊送给我的，上面都有他的签名。后来作协在成立"批巴小组"时，要征集他的书，自己也曾面不改色地说："我没有。"但是家里人是瞒不住的,特别是两个女儿都"停课闹革命"了,于是她们到处去发掘一些可读的东西,可能是被她们发掘出来了。总之,等到她们和她们的同学,为《家》《春》《秋》流够了眼泪,去外地插队落户以后,一次整理书架时,我才发现全新的《巴金文集》平地的涨厚了一寸多,已看烂了的九本书,填在原来十卷的位置,还显得很挤。丢失的一卷恰恰是《家》。当时当然没有想到"四人帮"会粉碎,《家》还会重印,于是深感到失去的,正是再也不可复得的。心里这股火,真是无处可说,也无处可发,只得认了。但后来仔细想想,让一个孩子带着《家》去异乡落户,这恐怕是巴金先生所乐意的,当然也是他在写《家》时所料不到的。[1]

这"两个女儿"中应当有后来的著名作家王安忆吧?在这样的环境中,还有人感兴趣他的书,这是一个作家最欣慰的事情吧?

两年前,在中国现代文学馆查阅巴金文库资料的时候,我还见过一套难得的《巴金文集》,那是巴金送给妻子

---

[1] 茹志鹃:《我心目中的巴金先生》,《文汇月刊》1982年第1期。

萧珊的。每一卷扉页上都有先生潇洒流畅的题字:"赠(或"送给")蕴珍,巴金"。有的还署有日期,如第三卷上署"一九五八年四月廿七日",第四卷上署"七月一日"(1958年);第七、八卷均署"七月十三日"(1959年)。这套《巴金文集》是精装本的,保存完好,可见主人的珍爱。(顺便建议一句:正如有人提出不该给唐弢藏书书脊随意贴标签一样,这套文集书脊上的标签和扉页上的印章也破坏了书的原貌,是否有更好的办法呢?)夫妻间的郑重赠书可以想见他们的相敬如宾,巴金与萧珊的爱情可称文坛佳话,这样一套历经风雨的文集更有着非凡的价值。抚摩这套文集,我当时还曾感慨:巴金晚年对中国现代文学馆真是奉献出了自己的一切,本来像这样有纪念意义的珍贵图书更应留给他的子女,但巴金却毫无保留地捐献出来。同时,我也在想一些人在拍卖市场上追逐善本、孤本,其实书的命运、书背后的故事这些含有精神价值的东西才是最值得珍视的,哪怕它看起来只是一本再普通不过的书。

巴金先生在那篇名文《怀念萧珊》的最后曾说:"在我丧失工作能力的时候,我希望病榻上有萧珊翻译的那几本小说。等到我永远闭上眼睛,就让我的骨灰同她的掺和在一起。"2005年11月25日,他们的骨灰"掺和"在一起撒向了大海。不觉间两周年过去了,整理书的时候看到我手里的残缺不全的《巴金文集》,不由得想起了这些零星的事情。

2007 年 11 月 17 日

补记:

这篇小文是三年前写的,当时我还抱怨能够买到的《巴金文集》都惨不忍睹:"卷边,掉页,污损,缺封面的,没护封的……开始我还有洁癖坚决不要,后来发现没有更整洁的了。"但老天不负有心人,前不久的一天下班后,我在旧书网上随便溜达,居然跳出整套的《巴金文集》。我当时心都要跳出来了,这简直是少有的"艳遇"!看品相,七百块的价格不算高,没有什么好犹豫的。这是天津市河北区图书馆的清退本,还贴着"不外借"的标签,所以很整洁,也有护封。唯一的遗憾是有三卷是平装,但不要紧,与我手头原存的合在一起,离配齐精装、平装各一套的目标就不远了。

这套《巴金文集》对于要研究巴金著作版本、修改的人而言,其重要性恐怕超过任何一套巴金作品集,因为这是巴金最为系统的一次文本修改,这一点在前文中已经提及。但"文革"爆发后,要找全一整套是越来越难了。1976年陈丹晨见巴金先生提到这套《巴金文集》时,巴金说:"这些书,本来都还有,'文革'一来,都被造反派抄走了,没收了。"①在1978年、1979年间,巴金自己也在配这套书。李小林老师曾说过,原本巴金给家人每人一套《巴金文集》留作纪念的,但抄走了,后来也没有还回来。大约两年前吧,她带给我一本《巴金文集》让我扫描,大约是一位读者"文革"后寄给巴金的,这本文集是那可怕的十年中它被视为"大毒草"、"邪书"的最好的物证。扉页上有两行大字:"打倒巴金,打倒陈高胜!"(后者为该书收藏者)巴金的照片被涂抹,写着"混蛋巴金黑老K"的字样,让人看了不寒而栗。我想这本书将来应当送到巴金一直在呼吁建立的那个博物馆吧。

2010年6月11日清晨

---

① 陈丹晨:《走进巴金四十年》,江苏文艺出版社2008年1月出版,第59页。

巴金与《巴金全集》

不论是对文学界，还是出版界来说，1994 年春天，煌煌二十六卷的《巴金全集》的出齐，都是一件值得庆贺的事情。由人民文学出版社推出的这套全集，收录了巴金自 1921 年以来除译文外的著作和迄今所见的书信、日记，这是迄今为止最完备的一套巴金著作集，也是 1949 年以后出版的第一部健在作家的全集。

这部《巴金全集》由筹划到出齐，已历时九载，在这么长的时间中，编《巴金全集》是巴金写完《随想录》以后最主要的工作，这部全集本身也有许多值得谈论的话题。

在《巴金全集》之前，已有两种多卷本巴金文集行世，它们是人民文学出版社于 1958 年至 1962 年出版的十四卷本的《巴金文集》和四川人民出版社于 1982 年出版的十卷本《巴金选集》，这二者都是巴金自己编选的。

然而巴金的读者和研究者不再满足于已有的文学资料，需要更完备的巴金作品集，提议并最终促成此事的是人民文学出版社的资深编辑王仰晨(字树基)，巴金当时主要精力还放在没有完成的《随想录》的写作上，而且对出全集他还另有看法，因此只是勉强地答应了老友的请求，并对王树基说："《巴金全集》的事就交给你，你想干就出，不想干就扔下，总之我相信你。"这样，王树基就认认真真地搞了起来，巴金也终于为此而感动，1985 年 11 月 14 日，他在致树基的信中说："《巴金全集》事我看只有你一人关心，你在抓，我总不能袖手旁观吧，这究竟是我的事。那么明年我也来搞搞，不管大小，总得出点力。"在 1985 年 12 月 19 日的信中，巴金又进一步阐明自己的想法："可是我知道我不让你搞，别人也会搞，我活着的时候我还可以指点指点，出主意，想办法，你也多少了解我。让你来搞，这样总比我死后别人来搞好些。"

　　巴金的参与对《巴金全集》编辑工作的顺利进行起了很大的作用，于是，巴金在上海，树基在北京，他们书信往来不断，开始了《巴金全集》的编辑工作，《巴金全集》第二十二卷中，收入巴金致树基的两百余封信，绝大部分是有关《巴金全集》编辑的，从这里我们可以看到《巴金全集》一卷卷诞生的背景,也可以看到为编好《巴金全集》他们所花费的大量心血和一丝不苟的严谨编辑作风。

巴金和王树基都希望把《巴金全集》编得好一点,在1988年11月30日致树基的信中,巴金说:"我只希望在我活着的时候帮忙你编好它。所谓编好一是指好架子,二是改正一个一个的错误,三是补好一个一个的漏洞。"这是巴金编《巴金全集》的着眼点。

整个《巴金全集》的"架子"是这样的:第一至十一卷为长、中、短篇小说,十二至十五卷是散文随笔,第十六卷是《随想录》,第十七卷为"序跋编"和三种画册,第十八、十九卷为"集外编",第二十卷是《炸不断的桥》《三同志》《谈自己的创作》《创作回忆录》,第二十一卷为早年著作《断头台上》《俄罗斯十女杰》《俄国社会运动史话》,第二十二至二十四卷为"书信编",第二十五、二十六卷为"日记编"。

在庞大的全集中,除了包括巴金那些闻名于世的作品外,还有不少是首次公开发表的文字,如两卷日记,小说《三同志》,"书信编"中的一些书信。两卷"集外编"和"序跋编"中的部分文字均是过去未曾结集出版过的,这些都是研究巴金的珍贵的第一手资料。收在第二十一卷中的几部巴金早年的著作都是早已绝版但对巴金前期思想研究大有帮助的作品。第十八、十九卷《集外编》中的三百余篇佚文,包括政论、诗作、散文、随笔、杂感、访谈录等,时间跨越了七十年,向我们展示不同时代巴金的思想面貌,在这些过去不被人关注的篇章中我们可以看到二十世纪中国知识分子所走过的坎坷历程,对多侧面地了解一个完整真实的巴金大有帮助。

《巴金全集》不但结构宏大,搜罗广泛,而且编选严谨,注意版本校勘。对于过去改动很大的作品,《巴金全集》保留了几种不同的面目,如《火》第三卷结尾部分,原书是写抗日青年为暗杀汉奸特务而牺牲,后改成抗日青年投奔延安,《巴金全集》中初版"书尾"也作为附录附后。

翻开《巴金全集》,我们还会发现每种作品前面均有版本介绍和精确的版次统计。如《家》注明开明书店印行了三十二版次,人民文学出版社印行了二十版次,这对了解作品出版和传播情况大有益处,现行的其他几种现代作家全集都不曾做过这样的版次统计。

在 1987 年 7 月 25 日致树基的信中,巴金说:"第四卷我想加一篇(代跋)……今后我还想用《代跋》这形式说明一些事情。"就这样,巴金用致树基的书信形式,为二十六卷《巴金全集》中的十七卷写了弥足珍贵的《代跋》,这里巴金重新阅读自己的文字,回顾自己走过的道路,所写下的真诚文字,其中有对作品的补充解释,也有对自己创作得失和思想历程的总结。

回顾自己的生活和创作,有利于读者加深对作品的了解和理解。巴金曾写过《谈自己的创作》《创作回忆录》两组谈自己创作的文章,相比说来,《巴金全集》的《代跋》也有自己的特点,前者更多提供创作的背景资料,有回忆录的性质,而后者则带有对一生反思总结的性质,是历经沧桑的巴金在垂暮之年对一生得失的检视。

在第十五卷《代跋》中,他谈到了建国后文风转变的原因,在"集外编"的《代跋》中,他回顾了自己曲折的创作道路,得出教训:作家一定要"讲真话,把心交给读者;没有独立思考,就写不出好的作品。"谈到中篇小说《三同志》时,他语重心长地道出:"其实写自己不熟悉的生活,写自己不熟悉的事情,对作家来说是自找苦吃,除非深入生活,把不熟悉的变为熟悉,作家就难写出一个活人,更不要想什么成功的作品了。""即使写作了六七十年,我也无法将不熟悉的题材编成美好的故事。"巴金用自己失败的教训来警醒后来人。

在《代跋》中,巴金带着深情对自己生活道路进行总结，我们可以看出他心中永不泯灭的理想之火。在第六卷的《代跋》中，他说："一直到最后我并没有失去我对生活的信仰，对人民的信仰。"在第二十一卷的《代跋》中，他谈了自己的思想发展状况："今天最后一次回顾过去，我在六十年前的'残灰'中又看到自己的面目。爱国主义、人道主义、无政府主义一直在燃烧，留下一堆一堆的灰，一部作品不过是一个灰堆。尽管幼稚，但是它们真诚，而且或多或少的灰堆中有火星。"

这些文字在严厉的自省和反思之中，融入了老人不熄的情感之火，让人读来无不心动。

在第十二卷的《代跋》中，巴金说："关于《忆》，我主张恢复'文学丛刊'本《忆》的本来面目……把编《巴金文集》时改掉的再改回来。你如同意，就请照办。我的理由仍是：'不能赖账。'"

"不能赖账"，好！保持自己的本来面目，把一个真实的自我呈现给读者，请读者评判，这是巴金编《巴金全集》要了却的一个心愿。纵览二十六卷著作，我们不难看到一个坦诚的灵魂，一个高尚的胸怀。捧读《巴金全集》，如晤巴金老人风雨一生，从中可以看到他创作的勤奋，看到他对生活的挚爱，对人民和祖国的一往情深。他的著作与他的高风亮节共铸了二十世纪的良心，也必将以自己的光芒闪烁在历史的长河中。

1995 年写于大连

两本《巴金文选》

水禾田编《巴金文选》

有一则消息,我印象很深:1991 年 8 月 30 日,上海市作家协会组织"上海百名作家赈灾签名义卖活动",当天,巴金有七种二十四本签名本拍卖,它们是北京三联版《随想录》特装本,香港三联版《随想录》合订本和五卷单行本,人文版和香港天地图书版《家》《春》《秋》,四川人民版十卷本《巴金选集》,浙江人民版《巴金散文选》。这些书当天共拍出一万九千零四十元,其中最为引人瞩目的是编号为八十八号的《随想录》特装本,以一万三千元的高价为读者吴淑芳买下。这则消息牵出的另一则消息,也引起我的注意,巴金闻讯后很感动,另外送了吴淑芳夫妇一本小小的《巴金文选》,并为他们题词:

赠吴淑芳、凌意清同志　巴金　（一九）九一年
八月三十一日

　　我不是文学家。我写作,不是我有才华,而是我
有感情,对我的国家和人民有无限的爱,我用作品来
表达我的无穷无尽的感情。

　　　巴金　（一九）九一年八月三十一日

　　这本小书封面以巴金手稿衬底, 书名是四个竖排的
鲜亮大字"巴金文选",很有民国时期字体的型架,一个白
色的腰封,正面写的:"巴金常说:'如果我的作品能够给读
者带来温暖,我就十分满意了'",下有小字注明:"本书从
巴金1927—1986年间的名著佳作结集而成。"腰封的另外
一面写着:"巴金这样写着:'我的《文选》我的选集都是我
的脚印……'"这本书是由香港摄影家水禾田编辑、设计,
香港专业出版社1989年9月出版。印数多少不详,估计不
会太多,关键是内地的书店根本没有卖。那时,我正在一
个县城的高中读书,只能从报刊上的照片中垂涎一下。不
过,屡屡有人提到它,似乎故意眼气我们这些求而不得的
人。李济生先生在《美的装帧》中详细地谈到该书的特点,

并对它称赞有加。他说:"虽然薄薄一册，开本也不大，而装帧之精美,版式之新颖,色调之统一,却一下子被吸引着了。""每篇以篇末为准。统一不多空,空在篇首,因而每篇标题后空白处就不尽相同了。……页码字特别小,不标于页之左、右上下角处,而在页半边中,全破常例,顿觉得新鲜。""一句话,全书的内容与形式是和谐的,主题与色彩是统一的。各个分体全为总体服务,无处不呈现出协调与完整。浑厚、凝重、端庄之感加重了书的分量,无形中就减去了小而薄的存在。被美征服了。"①这是出自一位资深编审的话,看了后,你能不为此书心动吗?

多少年来,我一直在旧书店留心,看看有没有机会遇到它。曾经在一位老师家见到巴金送他的此书,我还曾借出扫描了封面及其中的照片。去年,整理巴金故居资料时,我问巴金亲属:是否有副本,如有希望能分得一册。爱书的巴金果然有几本副本,多年之后,我居然还能有分得一本的荣幸,真有中彩一样的意外之喜。

水禾田先生在书的《前言》中交代了此书编辑缘起:

---

① 纪申:《记巴金及其他》,宁夏人民出版社 1994 年 11 月版,第 191、192、192 页。

160

一九八七年三月中旬从香港到北京，访中国儿童少年活动中心，相谈替该中心研究出版一本《童画》集。下旬转到上海，与王辛笛叔叔一起到巴金家里，再次向他老人家请安，顺道将他的作品《家、春、秋》在港新排印出版的书(封面是由我设计)，特地带着请他给书签名作为留念。……

他到书柜里拿了一本最近上海文艺出版社出版的《巴金六十年文选》从一九二七年至一九八六年的新书签名赠给我，内容包括有随想录、杂感、散文、序跋、演讲和书信等。我接在手里，重甸甸的八百多页的书，由衷地多谢和向他老人家说："我能否为老先生在香港出一本小书，从这本文选再选一些编印。"想不到他老人家没有考虑即刻答允，在旁的王叔叔也随着推荐，还拿我的拙作《人间》做样本。

《巴金文选》就是这样子诞生的。

我还查到一篇题为《水禾田：两地依依故人情》的报道①，其中这样说：

---

① 记者 张淳、有有：《羊城地铁报》2008 年 6 月 11 日。

水禾田原名潘炯荣，"水禾田"是他初中时在学校创办晨风文社给自己起的笔名。他说："这是用我的姓拆开来的笔名，就像查良镛的'镛'拆成'金庸'一样。"

············

他最难忘怀与巴金的会面，水禾田说："巴金住在上海一个老房子里，楼下是花园，而书房在二楼。我在书房给他照相时，巴金突然提出一个特别的要求。"

巴金老人指着书桌上已过世的夫人的相片，问水禾田："可不可以把她也照进来？"水禾田答应了，于是拍下了一张相片，相片中的巴金正为《四十年的结集》签名题字，而巴金夫人的相片则在书桌上。

水禾田捧着那本厚厚的《四十年的结集》对巴金说："巴金先生，在香港，可能不会有太多人看这么厚的一本书，我要把它出成一本'pocket size'(袋装书)，让更多人去读它。"后来一本叫《巴金文选：序跋、散文、杂文、随想录》的书出来了，巴金看了，说："这是我最小的一本书。"书的编者、封面设计都是水禾田，而扉页上正是水禾田拍下来的巴金手稿。

《四十年的结集》当为记者误记,应当是《巴金六十年文选》,1987 年初刚刚出版,正是水禾田去拜访巴金时。在这篇报道中还提到:"提起巴金,水禾田似乎难以结束这个话题,他回忆说:'有一阵子,诺贝尔文学奖提名巴金了,我当时在台湾,心里总是觉得很紧张很紧张,盼望有消息传来,后来没有,当然结果不是最重要的。'"可见,他也是巴金的铁杆粉丝,一直关注着巴金的情况。他的选文颇有眼光,共分四辑,分别是序跋、散文、杂文、随想录,选文四十五篇,尤其是把序跋放在第一辑,大概在巴金的作品选本中头一个这么做。巴金的序跋一大半是抒情的美文,耐人品味,可惜大多选本和读者并未关注。这本三十六开的小书,版式疏朗,共一百八十八页,八九万字光景。前面有彩色的插图,插图选择颇为精心,有作品书影(《沙丁》),有丁聪的漫画、俞云阶的油画像,还有一幅巴金成都故居的油画。其余几幅照片是水禾田先生拍摄的巴金和他的寓所,毕竟是摄影家,用光和选取的角度上都很难得。武康路寓所那种若明若暗的气氛,仿佛在衬托着历史风云,还有巴金暮年的身影,这是一组让我印象深刻的照片。

这样的小书，拿在手里，哪怕只是随便翻一翻也很舒服。水先生说这是巴金最小最小的一本书。不见得，巴金的第一本创作《灭亡》的初版本就是三十六开，不过页码是《巴金文选》的两倍，有三百七十五页。后来，类似的书也出过，如《将军》《生之忏悔》《旅途通讯》(分上下册)、《倾吐不尽的感情》等小说、散文集，还有《随想录》最初的单行本，都曾是小开本，巴金说不定对小开本的书情有独钟呢！

李小林主编《巴金文选》

今年春节，作为"中智杯"上海青年人文经典读书工程专家导师团中的十位成员之一，陈思和老师应邀推荐春节阅读书目，推荐的是《巴金文选》。推荐理由是：虽有五百多页，却可放入冬衣口袋，随手拿出来看。巴金生前一向喜欢开本别致、纸张朴素的小型书，以便利读者阅读。这本新出版的巴金文选，正符合老人生前心愿。更重要的是：内容短小，活泼，精致。篇目的选取方法更有特色，编者邀请巴金研究专家们分别开列篇目，再综合选出……这本美丽小书，会在春节给你带来意想不到的收获。(见《新闻晨报》2011 年 2 月 1 日)

这本新的《巴金文选》由巴金故居策划、李小林主编，香港文汇出版社 2011 年 10 月初版，总印数为一千册，编号发行。

在该书附录一《关于本书的编选》中，我已经将编辑该书的缘起和意图交代清楚了：

今年 10 月 17 日是巴金先生逝世五周年的日子，为了纪念这位令人尊敬的老人，巴金故居拟编选一本精巧、别致的《巴金文选》。我们的考虑主要是：一、纪念一位作家最好的方式无过于阅读和出版他的书，使之思想、情感能够跨越时空流传下去；二、巴金先生的著作数量众多，对于很多普通读者的阅读来说，常有茫然无措之感；而市面上流行的巴金作品选本往往又是重厚长大型的，我们希望有一本小型又别致的书，可以放在枕边、可以放在旅行包中，让巴金的那些美文能够时时伴着我们；三、巴金先生的第一本小说《灭亡》就是用小开本印过，他晚年最重要的著作《随想录》的单行本也是小开本，我们还记得当年水禾田先生编过一本小小的《巴金文选》，可见小开本书也是他老人家情有独钟之物。因此，我们想做一本小开本的《巴金文选》，并为每篇文章配上手稿、影像等插图,以这样一本精美的书贡献于巴金和他的读者。

水禾田先生当年的《巴金文选》留给大家的印象太深了,因此还想再出本小文选。我把这个想法跟李小林老师谈过之后,她表示同意。请她担任主编,她勉强同意。这也是令我高兴的一件事情,她长期担任《收获》杂志主编,可以说是当代最有成就的编辑家之一,但她很少署名编辑巴金的书,据我所见,只有《巴金六十年文选》是她与叔父李济生合编;还有《巴金小说精编》,巴金为之写了序言,再有就是整理父母的通信集《家书》,并十分鲜见地写了一篇让众人印象深刻、感人至深的后记。新编《巴金文选》,她担任主编分量就不同了! 同时,小林老师提出了一个很好的设想:请一批作家、学者共同参与来选编此书,每个人提出自己的选目,最后再汇总成一本书,同时将每个人的选目附在后面,这样又能看出每位编选人的选本特色。

主意既有,立即行动,九月初,我向一批作家、学者发出了电子邮件,邀请他们参与编选,很快,选目陆续回来了。除了少数几位太忙,没有来得及参与之外,回复的人有十位,他们是:山口守、李辉、李存光、李喜卿、张炜、陈子

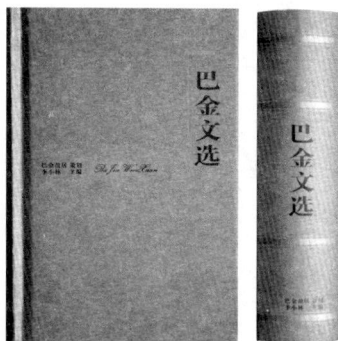

水禾田编《巴金文选》(上)及
巴金故居编《巴金文选》(下)
书影

善、陈思和、坂井洋史、周立民、胡洪侠(姓氏笔画为序)。其中有三位是外国学者。每一位都很认真,坂井洋史以日本学者的严谨连每篇字数都标注清楚。每个人的选目都各有特色,李辉以灵魂之痛、旅途之景、感悟之美、记忆之深、反思之忧为主题来编选;山口守则突出以文字勾勒巴金的思想历程;陈思和强调完整的选入《生之忏悔》一书;热爱《随想录》的胡洪侠表明:"我的选目以《随想录》为核心,因为我最看重巴金晚年这部著作。长期以来,《随想录》的价值一直被低估。"于是,他以这样的三辑构建此书:一、说真话;二、关于"说真话";三、关于"说真话"的真话。选目到手,心里有底,2010年9月18日初步归拢了一下,21日开始汇总和技术统计的工作,像选举的选票一样,我以画"正"字的办法来统计一些篇目,记得入选率最高的篇目应当是七票,如《怀念萧珊》。根据这个统计结果,再采取淘汰法,淘汰不选的篇目。再综合这个结果,与小林老师商定全书的五部分的整体框架和每部分内容。根据这个框架,我再按照写作时间先后排列好具体文章顺序,最后送小林老师做最后的定夺。

紧张的后期工作开始了——为什么说紧张呢?2010年10月12日,巴金论坛和一个相关的展览开始;10月17

日是巴金先生逝世五周年的忌日，前一天，"巴金·上海——纪念巴金逝世五周年"图片文献展开幕。这些活动都需要我去张罗；同时，其他几本书也在印刷和编辑过程中，包括李存光老师编著的百万字的《巴金研究文献题录》的最后编校工作；我还要去应付天上掉下来的乱七八糟的各种干扰，所以那些日子，睡觉很少，打电话都是没有耐心的决断口气，但又不能心浮气躁，必须要冷静认真处理件件事情。而这本《巴金文选》必须在10月12日上午印出来以用于当日举办的巴金论坛，可是别忘了国庆节有七天长假啊，这就意味着至少有四五天各厂家是不能工作的！我与承印厂的洪国华老师掰着指头算日子，因为是精装，必须考虑压干的时间；因为要做圆脊，装订时要手工制作……那好，必须提前做好准备，一旦稿子做完，这边马上开工。与此同时，书的装帧设计工作也在紧张进行，封面是《收获》杂志的李筱做的，原来是墨绿色的，电脑效果看好后，一打样，色彩都闷在那里了，烫金也显不出来。只好赶紧换纸张，选好纸，把这一类型不同色系的都试了样，再选好现在的蓝颜色的封面，小林老师认可了，那边可以买纸去了。

内文的排版和设计是小孙做的。她与我几乎是流水作业，我9月21日排出电子版传给她，在她排版的过程中，我准备图片——正文前后的插图，甚至最初发过去的图片连图注都没有。QQ和MSN这类即时通讯工具真是帮了大忙，可以让我们躲在各自家中共同工作，少了不少舟车劳顿。就这样9月24日，我拿到了初校样。这期间还有其他杂事穿插，9月27日，一整天我几乎没有下床，处理完所有校样。有这样的效率也得益于这几年的基础建设，比如，我们有经过严格校对的巴金作品的电子版，调用起来就较为自如。9月28日是大会战的日子，小孙拎着电脑在作协的咖啡厅办公，我在办公室中看新排出来的全书附录部分，小林老师修改并定稿了相当于后记的《关于本书的编选》一文。傍晚，全书调整完毕，加上我请来的外援小严，我们在咖啡厅一边吃着简餐，一边再次检查校样，处理完毕，再次出样。都差不多了，已经是晚上十点多。印刷厂的洪老师还在那里等我们，我们一起到电脑制作公司打样。偏偏不巧，机器坏了，等了近两个小时也没有修好，于是在街上已经无人的29日凌晨，我们又打车到石门路的另一家公司去。到三点钟吧，样子出来，小孙看了色彩，我又关注了一些细节。没有问题，总算可以解决了。洪老师必须在节前仅剩的两天时间中出片，这样节后上班才能立即印刷。所以，这个夜晚，必须要赶出来。等我回到家已近凌晨五点了，虽然不困了，但也要强迫自己睡下来。那些天，我最担心的就是突然病倒。五年前，巴金去世后，我大病一场，从此，对自己的身体不敢有一点信心。

睡到中午，起来即打车到洪老师的公司，她早晨九点就醒了，已经去选好了《巴金文选》中的书签丝带了，等着我去最后确定。全部确定了，又仔细算了下时间，核了一下流程，我说：我这边的事情都做了，最艰巨的任务就是你的了。洪老师以她惯有口气说："没有问题！"我们合作过，我这边人手少，经常办这种火上房子的事情，最后洪老师也都能赶出来，这个基本信任是有的。那好，我的精力又转到去做"巴金·上海"的展览去了，连夜抢活儿的美编还是这本文选的内文设计小孙。我说"抢活儿"绝不是偷工减料，而是每个流程和细节都不能省，都是高度紧张地认真去做的。展览设计就是这样，9月30日，我开始向小孙分部分传送图片，10月1日至3日，我几乎没有下过楼，小孙也在家同步加班加点设计，每出一部分先是电脑给我看样稿，调整后再看样稿，为了慎重，全部做好后，10月5日小孙按实际大小打出部分样稿，我们在地铁站见面看好图片大小、说明文字大小，以及颜色等细节后，又各自

171

回家调整。6日,我全天在小孙家,逐张调整好展览所需全部展板,又是临近半夜去找洪老师打数码小样;7日午后,带全部小样给小林老师审看,又根据她的意见调整、补充;8日上午,小孙将制作盘交给制作公司……我详细记下这样的细节,想说的是一件事情的促成,是很多人不惜代价努力的结果,大家都没有休息的观念,没有节假日,只有尽最大力量把它做好的想法。同时,我也想用这琐碎的文字向洪老师、小孙等人表示感谢。我知道小孙那段时间是大病初愈。

洪老师还说起过一件惊险的事情:10月4日上班时,她找不到《巴金文选》的印刷胶片了。查来查去,发现是快递公司递到邻厂去了。真是急出一身冷汗。10月11日,参加巴金论坛的各地代表已经陆续赶到,首批两百册《巴金文选》还没有拿到手。洪老师告诉我说:明天凌晨直接送到会场。那天我住在会上,手机整夜没关,五点钟时还没有动静,电话联系,他们的车四点多就出来了,在去工厂拉书的路上。上海早晨堵车,这本文选还有一本《家》手稿画册直到八点多才送来!但总算都如期完成了,我迫不及待地翻开,还不错。这本小书还是立即得到大家的喜爱。

新版的《巴金文选》比我们原先设想的至少厚了一厘

米,李辉老师说:不是编本小书吗,怎么弄这么厚?我笑着说:到最后,看这篇也不舍得删,那篇也不舍得删,索性做成个小词典的样子也不错!现在的文选有二十四万字左右,图片七十五幅,有不少手迹、书影、巴金故居的照片都是第一次与读者见面。值得一提的是,书前还附有一枚藏书票,票面内容是一条鱼,设计者为黄永玉,这是1990年三联书店的老板范用为《巴金译文选集》的出版而印制的书票,据小林老师说,这是巴金用过的藏书票。我看到过一些标着"巴金藏书"的藏书票,其实大多是木刻家自己为巴金刻的,他并没有用过,说是巴金的藏书票,似乎不妥。

《巴金文选》出版后,得到不少爱书人的喜爱,为它的内容,也为这种形式。德国的学者大春(中文名)正在把它译成德文。我觉得,作为对巴金的基本了解,这个由专家、学者选出来的本子,可以满足对巴金作品的初步感知和认识。不错的反响,让我们的野心小小膨胀,今年还计划再做两本《巴金文选》,与这本配在一起,三本一套,用来迎接巴金故居的开放。

2011年5月28日下午

173

与巴金作品相遇

在近九十年前,成都的一个大家庭中,一个少年如饥似渴地捧读着一本小册子,那是真民(李石曾,1881—1973)翻译的《告少年》的节译本,它是俄国革命家克鲁泡特金所写的一本宣传社会革命的书,偶然得到的书给这位少年带来了极大的精神震动:"我想不到世界上还有这样的书!这里面全是我想说而没法说得清楚的话。它们是多么明显,多么合理,多么雄辩。而且那种带煽动性的笔调简直要把一个十五岁的孩子的心烧成灰了。我把这本小册子放在床头,每夜都拿出来,读了流泪,流过泪又笑。"(《我的幼年》)不久,他又读到了波兰人廖·抗夫的一个剧本《夜未央》(又译作《前夜》),读后更是令他热血沸腾。这两本小册子,前一本告诉人们:个人的安乐不算快乐,只有万人的安乐才是真正的快乐,因此,它号召"到民众中间去","除了这种在民众中间为真理、为正义、为平等的斗争而外(在这斗争中你们还会博得民众的感激)，难道你们一生还能够找到更崇高的事业吗?"这位少年后来说:"从《告少年》里我得到了爱人类、爱世界的理想,得到了一个小孩子的幻梦,相信万人享乐的社会就会和明天的太阳同升起来,一切的罪恶都会马上消灭。"(《信仰与活动》)后一个剧本,剧中的英雄为了革命,舍弃爱情,舍弃安逸的生活,甚至舍弃自己的生命,他成为少年心目中的勇敢者、大英雄。后来他回忆说:"在《夜未央》里,我看见了在另一个国度里一代青年为人民争自由谋幸福的战争之大悲剧,我第一次找到了我的梦景中的英雄,我找到了我的终身事业……"(《信仰与活动》)

这位少年由此找到了自己的信仰,并满怀着理想,走出大家庭,来到上海、南京求学,后来又留学法国。少年时代播下的理想种子在他的心灵中不断地开花结果, 他想做一个革命家,去涤荡社会的罪恶,换得人间幸福安乐。但因为种种原因,他做革命家的理想没有实现,1929年从法国归来后,他的小说《灭亡》在当时最著名的文学刊物《小说月报》上发表了,一个笔名叫"巴金"的作家出现在人们面前, 并且越来越博得人们的喜爱, 他写了《家》《春》《秋》,写了《爱情三部曲》(《雾》《雨》《电》),写了《憩园》《寒夜》，直到八十岁还在写作《随想录》。许多青年人把他当作知心朋友，向他倾诉内心的苦闷；很多读者敬仰他，称他为"文学巨匠"、"时代的良心"，国务院授予他"人民作家"的称号。他的作品伴随着一代又一代读者走上社会道路。鲁迅称赞他："巴金是一个有热情的有进步思想的作家，在屈指可数的好作家之列的作家……"（《答徐懋庸并关于抗日统一战线问题》）读者更是热情似火，曾有人记载："六月前往苏州，和当地的文学青年颇多接触的机会，在他们中间最容易感到的一件事情，就是对巴金作品的爱好，口有谈，谈巴金，目有视，视巴金的作品，只要两三个青年集合在一起，你就可以听得他们巴金长、巴金短的谈个不歇……""鲁迅的《呐喊》，茅盾的《子夜》，固然都是文坛上首屈一指的名著，但要说到普及这一点上，还得让巴金的《激流三部曲》之一的《家》独步文坛。《家》《春》《秋》这三部作品，现在真是家传户诵，男女老幼，谁人不知，哪个不晓，改编成话剧，天天卖满座，改摄成电影，连映七八十天，甚至连专演京剧的大舞台，现在都上演起《家》来，借以号召观众了。"①

---

① 王易庵：《巴金的〈家·春·秋〉及其他》，1942年9月10日上海《杂志》月刊，第九卷第六期《复刊第2号》。

不论是最初满怀着理想的少年，还是后来名满天下的大作家；不论是朝气蓬勃的青年时代，还是白发苍苍的暮年，巴金在少年时代建立的信仰、培植的观念一直没有改变，相反随着人生阅历的增加，他的认识更为深刻，并在一生中默默地信守和实践着它们。他一生的作品所传达的理念，也都与他少年阅读的《告少年》和《夜未央》息息相关："不把自己的幸福建筑在别人的痛苦上，爱祖国、爱人民、爱真理、爱正义，为多数人牺牲自己；人不单是靠吃米活着，人活着也不是为了个人的享受。——我在那些作品中阐述的就是这样的思想。"(《文学生活五十年》)正像巴金在少年时代遇见了《告少年》和《夜未央》一样，我始终认为一个人在少年时代如果遇到了巴金的作品并能认真地阅读、体会它们，也是他的人生之幸。因为巴金特别真诚，从来不会在作品中表达虚伪的东西；巴金的文字又特别单纯和清澈，让你感受到这个世界的透明、美和自由；更重要的是巴金的作品都带有积极的信念、崇高的理想和光明的追求，这些恰恰是一个人成长中不可缺少的鼓舞力量，是人生底色中最为明快的那一部分。我们在他的作品中，随处可以找到鼓舞我们战胜黑暗迎来光明的语句，找到友情的纯真与高尚，找到把个人的人生与众人的事业连在一起的幸福。他说:"奋斗就是生活,人生只有前进。"(《家庭的环境》)他认为:"我们每个人都有着更多的思想,更多的同情,更多的爱慕,更多的欢乐,更多的眼泪,比我们维持自己的生存所需要的多得多。所以我们必须把它们分散给别人,并不贪图一点报酬。否则我们就会感到内部的干枯,正如居友所说:'我们的天性要我们这样做,就像植物不得不开花一样,即使开花以后接下去就是死亡,它仍然不得不开花。'……"(《谈心会》)他多次引用凡宰特的话阐述自己的社会理想:"我希望每个家庭都有住房,每个口都有面包,每个心都受着教育,每个智慧都得着光明。"[1]他也终生把克鲁泡特金的平等、互助、自我牺牲的伦理观念作为自己恪守的道德信条……一个人在成长中,会碰到各种各样的问题,经历过大大小小的风雨,但不论如何,最重要和最基本的要对生活、世界、自我和他人有一个信念,有了这些基本信念,你看待世界的心境就不同了,战胜怯懦的勇气就更足了,面对坎坷的反抗力量也增大了。因为有了这样的信念,不论你声名显赫还是默默无闻,你都会拥有一个丰富、充实的人生。巴金的

---

[1] 凡宰特:《我的生活的故事》,《巴金译文全集》第八卷,人民文学出版社1997年6月版,第269页。原译名:《一个无产阶级的生涯底故事》。

意义就在这里，他在人生最初的阶段给你传达非常积极的信号、确立终生有益的信念,尽管这些信念不可能解决你人生中所有的问题,但它会让你看到不一样的风景,企望到不同的生命境界，如果你能一辈子忠诚地去实践它们,它也会让你的生命变得高贵起来。

呈现在大家面前的这个选本,以巴金的散文、随笔为主,虽然是他卷帙浩繁的创作的极小的一部分,但也能够看出巴金对上述生命信念的真诚表达。我把这些文章粗略地分为四大部分。首先是"爱的旅程",巴金人生中的第一个"先生"是他的母亲,母亲给予了爱,也教会他爱别人,在这一辑的文章中,我们能够在巴金对于亲情、友情和爱情的表述中体味他对爱的理解和表达，这里有人与人之间的"小爱",也有对祖国对土地对人类的"大爱"。带着这一颗爱心,让我们随着巴金出发,去认识世界认识历史,这就有了第二辑"人生踪迹"中的文章,这里面有六七十年前的社会现实,也有一个人的人生体验。在我们每个人的人生旅程中都会与这样的现实不断碰撞，现实中有光明也有黑暗,有正义也有罪恶,那么,面对这样的现实,每个人该怎么办呢,怎样去升华自己的人生呢? 第三辑的一些文章,巴金为我们描述了心目中的英雄,我们可以看看他们是如何安顿自己的灵魂实现自己的追求的。第四辑"探索生命"实际上是一道巨大的思考题,巴金在不断地追问:我们该如何生活,如何能让生命开出艳丽的花朵?这个问题不是用语言而需要用一生的行动来回答。对此,巴金有自己的回答:"我不曾玩弄人生,也不曾美化人生。我思考,我探索,我追求。我终于明白生命的意义在于奉献,而不在享受。人活着正是为了给我们生活在其中的社会添一点光彩,这我们办得到,因为我们每个人都有更多的爱、更多的同情、更多的精力、更多的时间,比用来维持我们个人的生存所需要的多得多,别人花费了它们,我们的生命才会开花结果,否则我们将憔悴地死去。"(《让我再活一次》)这是巴金先生八十七岁时的人生总结,亲爱的朋友,你打算怎样"消费"自己的生命,在白发苍苍的时候又想做出怎样总结呢?

2009 年 4 月 21 日于上海

(本文原为《巴金作品精选》编者序,该书由浙江少儿出版社 2009 年 8 月出版)

从巴金作品中读出什么

一

1953 年,《家》由开明书店移至人民文学出版社印行新版,巴金说:"《家》已经尽了它的历史任务了。"(《〈家〉新版后记》)的确,那时,已经有人在担心它的消极影响了①。

十五六年后,据说发生过这样的事情,一个女读者在火车站读《家》,被周围群众发现,大家告诉她,这是一本大毒草,并说服她当场烧掉书,然后大家一起批判毒草……巴金在报纸上看到描述此事的文章,感到毛骨悚然,

---

① 冯雪峰在《关于巴金作品的问题》一文中,肯定了巴金作品的"进步的一面",并解释:"新中国成立后国家出版社选择他的主要作品重印出版,就是由于这个原因。"但接下来,他重点分析了"巴金在新中国成立前的世界观有错误的一面",认为要"有批判有分析地去读"。见1955 年 12 月 20 日《中国青年报》。

当晚,他做梦梦见希特勒又复活了。(《多印几本西方文学名著》)在那些日子里,他后悔写了这样一部书,害得家人都跟着受累。1977年,《家》又一次重印,巴金如释重负,他再次表明:"我的作品已经完成了它们的历史任务,让读者忘记它们,可能更好一些。"(《〈家〉重印后记》)

然而,一年后,他就否定了自己的说法:"但是今天我知道我错了。明明到处都有高老太爷的鬼魂出现,我却视而不见,不能不承认自己的无知。"①此后,他也不再像过去那样,一面检讨作品的缺点,一面又说重读旧作仍然很激动,他很有信心地说:"今天我仍然要说我喜欢这个三部曲的主题:青春是无限的美丽。未来永远属于年轻人,青年是人类的希望,也是我们祖国的希望。这是我的牢固的信念,它绝不会'过时'。"(《为香港新版写的序》)与此同时,巴金还说过:"任何一部作品发表以后就不再属于作家个人。它继续存在,或者它消灭,要看它的社会效益,要根据读者的需要和判断来决定。"(《〈巴金全集〉自序》)

---

① 巴金:《〈燃火集〉序》,《巴金全集》第十五卷第474页,人民文学出版社1990年版。巴金为这段话加的注说:"其实连买卖婚姻也并未在中国绝迹。"两天后,在《〈家〉法文译本序》中,他再次强调要"纠正自己的一个错误"(《巴金全集》第一卷第459页)。

2005 年 10 月 17 日,《家》的作者走完了他长达一个世纪的人生历程。2008 年,在《家》出版七十五周年之际,据统计,《家》至今仍是人民文学出版社印量最大、最受读者欢迎的现代文学名著之一[①]。但也有人在媒体上公开说巴金、冰心等人文笔太差,简直读不下去。当然,仍然有读者从自身的经历中感叹:"那个《家》是整个社会的缩影……正由于这种高度、深刻的典型意义,才成为经典之作。这部著作对不止一代知识青年的影响,远超过今天任何外国的或中国的、俗的或雅的畅销书。而且其影响不是时尚性质的,而是真正震撼心灵,激励行动的。"[②]她还提醒时人:国人思想观念的改变,"这要归功于百年前敢于偷天火的先行者。我们都是他们的努力和牺牲的受惠者,应有一份感激和尊重。今天我们重复讨论的问题,甚至自以为的新见解,其实他们早已思考过,提出过不少真知灼见。对于先辈的贡献我们不能采取虚无主义的态度。"[③]她甚

①　具体统计数字请见王海波《谈巴金的〈家〉在人民文学出版社的出版情况》,收陈思和、李存光主编《一股奔腾的激流——巴金研究集刊卷四》,上海三联书店 2009 年 6 月版。
②　资中筠:《关于巴金〈家〉的随想》,2008 年 2 月 2 日《北京青年报》。
③　资中筠:《文化与制度》,《启蒙与中国社会转型》,社会科学文献出版社 2011 年 1 月版,第 42 页。

至提出:"还是要接着'五四'精神的茬走下去。"①但在另外一些人那里,"五四"精神早被视为洪水猛兽,唯恐避之不及。按照今天的文坛行情,可以拍着胸脯大谈胡适之、沈从文、张爱玲、金庸,谈《家》《子夜》之类的作品则要遮遮掩掩了②。难道这就是三十年河东三十年河西?

至于《随想录》的遭遇更是一言难尽。一个作家和他的作品的命运真是耐人寻味。这里面体现了社会风气、读者心态和价值取向,对此,一个方便的回答是:仁者见仁,智者见智。但是,重新编选和出版巴金的作品,我还是不禁要问:巴金能够给今天的读者提供什么,对我们还有什么意义?或者从读者的角度,如今从巴金的作品中能读出什么?

二

1955年,冯雪峰认为在新时代,巴金作品的价值有两点:一点是通过它们,可以"增加我们一些知识",了解大地

---

① 这是资中筠《重建精神家园》一文的副题,文收《启蒙与中国社会转型》一书。

② 一位某重点高校的教授在2009年居然化名写了一篇批评巴金《随想录》的文章,让人觉得也匪夷所思。研究或批评巴金还需要遮遮掩掩,似乎让人感受到这种研究和批评的不能光明正大的某种非学术因素和非学术心态。

主家庭的生活和当时的社会情形;另外一点是"也可以了解现代作家之一巴金思想发展的情况"①。文辞中不难看出,尽管丝毫不掩饰对自己作品的喜爱,但巴金也接受这个想法,认为"在我所攻击的不合理的制度已经消灭了的今天",作品"尽了它的历史任务了"(《〈家〉新版后记》)。也就是说,它们只有历史标本的价值,而不具有现实的意义了。这个逻辑曾很有市场,但文学作品不是社会问题报告,社会问题解决了,它就成了历史文献。如果是这样,那么众多的古典文学作品,岂不一大半只能仅供历史学家参考了吗?事实上,尽管相隔千百年,那些文字同样能够打动我们,并时读时新,这才是文学的魅力!——社会认知功能,仅仅是它最微不足道的功能,审美的功能,情感的冲击力,思想和心灵的撞击力,才是文学不会随时间湮灭的最重要的品质。

具体到鲁迅、巴金及同时代作家,在今天,他们却面临着新的尴尬。虽然没有人再用现实意义作为唯一标准来考量他们的作品,但中国现代文学的著名作家正在被经典化,他们被写进各种文学史中,作品被编到从小学到大

---

① 冯雪峰:《关于巴金作品的问题》,1955 年 12 月 20 日《中国青年报》。

学的各种教材里，他们活生生的作品正被风干成文学史的次序、章节，将生命充沛的作者压缩成一段名词解释，或者体制化的学术研究内容、论文的材料、考试的知识……对于一个作家来说，这是平生的幸事，幸的是，他们进入了各种等级的知识序列，可算不朽或者预备不朽了；不幸的是，在这个过程中，作家和读者最原始的关系被扭曲了，读者不再醉心于阅读，而只要背诵一连串的知识就可以对某些作品评头论足了。以接受知识取代阅读，这对于一个作家是毁灭性的解构。钱锺书的神话四处流传，可他的《谈艺录》《管锥编》并没有被认真阅读。巴金作品的前几代读者，都是灯下途中如醉如痴的阅读者，作家和读者在情感交流中一同走过无数的岁月。但新一代读者有很多是"被阅读"：因为它是名著，是规定的必读书目，是考试的内容等等，所以才会读它或了解它。在我看来，这是知识的传输，而不是内心情感和文学感染力的传递。

在这样的状态下，这些作家极其容易就被概念化、符号化和简单化，学术界的浅薄巩固了它，大众传媒的弱智将其扩大化。于是，鲁迅就是冷漠的，胡适是宽容的，郁达夫是抒情的，茅盾是写实的，老舍是幽默的、市民的，巴金是热情的，沈从文是优美、浪漫的……他们被定型、被塑造。人们不读作品也可以滔滔不绝地谈论他们时，也就越来越远离他们本身。比如，巴金的《家》就是反封建，《随想录》就是讲真话。我最为伤心的是，不仅学者能说会道，在我的阅读调查中，连中学生、小学生说出的都不是自己真实的阅读感受，而是学来的空话、套话。文学的魅力、感染力蜕化成知识、概念之后，美感也没有了，它们枯燥、令人焦虑和厌烦。君不闻当代中学生有三怕？一怕文言文，二怕写作文，三怕周树人！这些问题，归根结底还是阅读问题，当文学作品不被阅读的时候，不仅索然无味，还有可能面目可憎；而好的文学作品，一旦读进去，则完全是色彩斑斓的另外一个世界。今天，我们讨论巴金对我们还有什么意义，从巴金的作品中能读出什么？我首先要反问：你读了吗？只有在阅读中才有真切的体会，阅读的快乐和那种"不足与外人道也"的隐秘也正在于此，没有阅读，一切都是空的，此其一。其二，真正的阅读是高度个体化、私人化的事情，一千个人心中就有一千个哈姆雷特，不同时代都有说不完的《红楼梦》，这都告诉我们：别人的总结再正确、高明、深刻，始终无法取代你的感受。

所以，不阅读，一切无从谈起。

三

认可了我以上观点，接下来，我们才有可能交流阅读巴金作品的看法。有两点体会，我认为有必要首先说出来：其一，读巴金要剥去加在他身上的头衔、荣誉或各种说法，把它从传媒、学术体系中解蔽，直面他的作品，就如与你的一位朋友坦诚面对一样，此时，你会发现他看似一目了然，实则如长江大海，水下面的东西要比表面丰富得多。"巴金是一个有热情的有进步思想的作家，在屈指可数的好作家之列的作家……"①这是鲁迅对巴金的评语，恕我孤陋寡闻，除了巴金，鲁迅对哪位晚辈作家有如此高的评价？请相信鲁迅的眼光。其二，巴金在作品中告诉我们：光明会战胜黑暗，美好会战胜邪恶；他鼓励我们人生就是奋斗，要不悲观、不气馁；他认为朋友间应当坦诚，人与人之间要互助……他让我们坚定地"信"和博大地"爱"，传达给读者的始终是励志、阳光的理念。有巴金作品相伴，你的人生乐曲中总有昂扬的旋律。

从文学史而言，巴金上承"五四"前辈的精神，下启二十世纪八十年代思想解放的风气，是少有的几位创作几

---

① 鲁迅：《答徐懋庸并关于抗日统一战线问题》，《鲁迅全集》，人民文学出版社1981年版，第六卷第536页。

乎纵贯整个二十世纪中国文学历程的作家。巴金听着巴黎圣母院的钟声，在近代自由和民主的发源地之一的法国开始了自己的文学生涯，1929年以小说《灭亡》登上文坛，从此其创作如同激流奔腾不息。在短短的二十年时间里，巴金以不可遏制的激情写下了数百万字的小说、散文，为新文学贡献了《家》《憩园》《寒夜》等不朽之作，成为中国新文学最杰出的作家之一。新时期，年逾古稀的巴金重续"五四之子"的精神承诺，他开始了艰难的晚年的反思之路，一部呼吁"讲真话"的《随想录》使他赢得了人们的尊重。巴金的文学世界中充满着特有的精神信仰、道德激情、生命能量和语言气势，这不是雕虫小技，而是文学的"大道"。巴金一直在说自己不是一位作家，二十世纪三十年代时，他曾一次次声言自己要搁笔不写，还说：我不怕……我有信仰——这些话，可以说是巴金谦虚，或者说他别有志业，但我觉得更可以看出他的一种自负，他有意识地将自己与那些成天在追求作品精致完美的"作家"区分开来，因为在他的心目中，艺术的力量不是靠技巧建立起来的，艺术应当有超越"技巧"这个层次而为人类的精神和心灵服务的功能；他强调自己有信仰，也是将自己与那些没有信仰的作家区分开来，因为他更在意精神的力量在作品构成中的重要性，文学与信仰在他是不可分割的一体，只有从这里出发，我们才可能理解他的作品，才有可能走入他的精神世界。

纵览巴金的作品，联系他一生的思想、言行，巴金作品中所表达的思想观念，在今天仍然是人类应当普遍尊重的核心价值，比如，巴金从年轻时代就同情弱者，强调社会的公平与正义，他曾经多次表达过这样的愿望："道德的目的便是帮助人类达到完满的生活。这完满的生活可以用意大利工人领袖凡宰特的一段话来解释：'我希望每个家庭都有住宅，每个口都有面包，每个心都受教育，每个智慧都得着光明。'"（《什么是较好的世界》）他激烈反对强权，对民主和个人的权利有着一种天然的捍卫意识，这些远承启蒙运动，近接"五四"精神传统，都是我们不应忽视的精神遗产。巴金作品中提出的很多问题，至今对我们仍然很有启发，比如他对革命者与恐怖主义的研究，还原了革命者的行为动机和历史氛围，对思考当今世界很多存而难解的问题有着重要的参考价值。又比如，当代人衣食充足后，又找不到人生的方向，产生很多精神困惑，那么人生的价值和幸福感究竟是什么，它们来自何方？巴金强调个人自由的同时，还强调个人的生命与群体事业的关系,强调人类休戚与共的精神,他说:"我们每个人都有着更多的思想,更多的同情,更多的爱慕,更多的欢乐,更多的眼泪,比我们维持自己的生存所需要的多得多。所以我们必须把它们分散给别人,并不贪图一点报酬。否则我们就会感到内部的干枯,正如居友所说:'我们的天性要我们这样做,就像植物不得不开花一样,即使开花以后接下去就是死亡,它仍然不得不开花。'……"(《谈心会》)至于巴金提出的"讲真话"的主张,时至今日已经有人提出:将"讲真话"提升为"国家课题"①……

我相信,真正走入巴金的世界,所得到的远不只这些,而且,阅读的魅力恰恰在于,每个人都会发现自己的风景和宝物。

四

巴金作品选本众多,除了少数专题选本外,大多以体裁分类选取精短作品。在编辑这本"新编"时,编选者不想再重复这个模式,尽管考虑到读者的需要,照样会入选一些脍炙人口的篇章,但编者力图在有限的篇幅中展示更

---

① 《东方瞭望周刊》评论员:《讲真话为何成为"国家课题"》,《东方瞭望周刊》2011 年第 21 期。

为丰富的巴金创作的面貌。如此说来,他的中长篇小说就不应当被选本抛开,因为从对现代文学史的贡献而言,巴金的中长篇小说创作才是他最主要的贡献,是他广为读者阅读之本,舍弃这一部分,等于买椟还珠。为此,我大胆地选入了三部重要作品的片段,希望读者能够窥一斑而知全豹,对巴金能有一个相对全面的了解。

巴金一生创作数量超过千万字,想在二三十万字的篇幅中完全了解他的创作是不现实的。在编选中,我选择了巴金的四部核心作品,由它们组成“四部”。这四部作品代表着从青年到晚年巴金创作和思想的不同阶段,也代表了他创作的四个不同的主题和类型,基本上能够展现创作的重要横断面。在每一部分作品的选取上,围绕着主体作品,组合相关的作品,使之构成既相对独立又相互有联系的一个组团。具体说来,一是选择作者创作同时期、同类型题材的作品,以与主体作品构成呼应;另外是选择作者的创作谈、体现思想背景和创作背景的文字,以打开文本的封闭世界,让读者更深入地理解作品。

当然,任何选本最多只是一个窗口,不可能容纳所有的风景,聪明的读者,最终会丢开选本,独立选择自己要阅读的作品,此时,读者与作者才真正达成了心灵的默契和长久的契约。

五

　　我本来想选巴金先生的《文学生活五十年》或者《我和文学》作为代序置于篇首。但出版社强调这是一套丛书，有着严格和统一的体例要求，故而只好勉为其难写一篇这样的编者序。巴金先生的集子都是自序，他并不喜欢别人的序置之于前，我们整理和编辑他的作品集的时候，也从不敢妄加序言。好在，一切评说终成过眼烟云，编者和其他人说了什么并不重要，重要的是一代代读者的真实阅读，或者说是每个读者自己的阅读。

　　七十年前，巴金先生曾写过一篇《死去》，文章描述了梦见自己死去后批评家们在墓前的"吱吱喳喳"，说来道去无非是"浅薄，落后，不通，错误"(《死去》)。

　　二十九年前，他说过："我不需要悼词，我都不愿意听别人对着我的骨灰盒讲好话。……请让我安静……"(《大镜子》)。

　　二十年前，他强调："我最后还是要用行动来证明我所写的和我所说的到底是真是假，说明我自己究竟是一个怎样的人。一句话，我要用行为来补写我用笔没有写出来

的一切。"(《我要用行动来补写》)

　　或许在这些话中,我们能够领会到一些什么……

2011 年 6 月 7 日午夜

　　(本文原为《巴金作品新编》编者序,该书由人民文学出版社 2011 年 10 月出版)

辑 三

淡蓝色的书,淡蓝色的日子

　　夜深人静,一个人在上海东郊的一所房子里捧读这套淡蓝色封面的书——《巴金译文全集》,不由得想起了那些淡蓝色的日子和许多往事。这套书是从大连带到上海的,它一直是我珍爱的读物,这不仅仅是因为巴金风格独特的译文,还因为它所包含的丰富内容,各语种的文学作品、社会论著尽在其中。从赫尔岑、屠格涅夫、克鲁泡特金到迦尔洵,从斯托姆、廖·抗夫、王尔德到尤利·巴基、秋田雨雀,这里面有好多作家已经不大为人提起了,有好多作品已经不"时髦"了,但它们都饱含着生命的激情、闪耀着理想的光辉,都是控诉黑暗、呼唤光明的人类"真声"。或许今天的人更喜欢情调、心情、雅致,而不喜欢这种呐喊和呼唤了,人们不想再去承担什么,除了消耗生命、娱乐自己之外。可是巴金和他的先辈们却不是这样看的,他们把个人的生命发展与群体的发展联系在一起，把个人的安乐同万人的安乐联系在一起。直到在九十多岁的高龄编辑这套译文全集的时候，巴金还在强调年轻时候曾经打动过他的这些信念。或许今天更应当低调一点，但我却欣赏这种高调，哪怕它最终通向了一个乌托邦。但生命中正是有了这一点崇高的向往，才会从那散发着猪栏味的世俗中挣脱出来，才会在烦闷、无聊的日子里有了滋味、有了信心。在浩渺的宇宙中，我们每个人都实在太渺小了，但这种崇高感会让芸芸众生中渺小的我们有了一种活得不同凡响的感觉——这不是无所谓的东西，我认为每个人活着总需要一个理由，需要一种感觉，哪怕它终究无法替代琐碎的生活本身。

买这套书大约是在 1998 年的春末吧。那时我刚进一家机关工作不久，需要到培训中心进行一周的封闭训练。期间不准外出，不准见人。那是一周乏味又充满记忆的生活。乏味是因为训练如同军训，早晨早早就被喊醒，排着整齐的队伍到大街上跑步；上午到星海公园列队训练，"齐步走——"，一遍又一遍；午后，还有人来检查被褥叠得是否整齐，甚至吃饭前还要喊口号、唱歌。对于自由散漫惯了的我来讲，这简直是在蹲监狱。但在"号子"里的人来自五湖四海,老老少少,性格各异,整天在一起,环境逼着你彼此相熟,逼着你废话不断,逼着你穷侃胡扯,不然,训练之余的时光怎么打发? 当时只让我们在那个小院子里活动, 据说这里曾经是一个军阀的私宅。听说还设有地牢,为此大家兴奋地找了半天,但毫无结果。那段时间正逢世界杯足球赛,关在这里的人终于找到了发泄的渠道。上级不得不同意延后熄灯时间,配备电视给大家看球。我从来都不看球赛, 但半夜里躺在床上听到楼上兄弟们鬼哭狼嚎般的喊叫,心里倒也有几分快意。

终于,终于啊,一周的禁闭结束了,人们疯狂地冲出那个小院,顿作鸟兽散。有人说要呼朋引伴,大吃一顿;有人说要去洗澡,要去唱歌,要去舒服舒服。我从来也没有感觉到原来自由的空气是最值得珍惜的, 在那个略带着点雾气的下午,我沿着星海公园旁的有轨电车走着,大口大口地吐着胸中的浊气,呼吸着清新的空气,刹那间的自由让我甚至有了突然失重的感觉。晓东那天似乎是请了假提前下班的。在之前的日子里,我们似乎从未分别过这么久,通常都是每天下班,她到我单位的宿舍里,一起做饭、吃饭、聊天,然后我再送她回家,风雨不变。但那天,我们不是回宿舍,而是到闹市里去感受这失而复得的自由。

我们到火车站前的胜利百货，当时它好像刚开业不久，一家家店铺曲里拐弯地排在那里，每次进去都像走迷宫。听说这里新开了一家书店，左打听右打听总算找到了。进得店堂，我就发现了这套期待已久的《巴金译文全集》。淡蓝色的封面，十本整齐地排列在一起，书脊上是巴金先生烫金的手书。本来还想托外地的朋友代买这套书，没想到它突然就出现在我的眼前，仿佛从天下掉下的礼物。三百二十元，不算便宜，而且记忆中，我当时工资挣得非常少，但不知那天口袋里怎么会带足了钱，难道就是为了这套书准备的？本来，那天还预备了很多节目，但因买了这样的一套书，都草草收场了。我们不可能拎着这么重的书去逛街，更何况我的心思早在回去看书上了，全然忘了晓东是什么心情了。

　　时间过得真快，转眼间七年多了，这七年我的生活发生了巨大的变化，不变的是晓东总是站在我的身边，无可奈何地听着我诉说买到新书的兴奋。时间过得真快，当时感到前途茫茫的我们，很快就结婚了，而如今我们的孩子也即将出生了。时间过得真快，我想不到折腾来折腾去，我居然来到了巴金先生生活的这座城市，时常也会从武康路走过。而这时，我的思绪又不由自主地回到了那座远

200

方的城市,那个城市的海和天似乎一样蓝,那些日子也似乎和大海一样蓝,宁静、淡雅、清澄、朴素,正如这套书的封面。

枕边的收音机在子夜里播放的都是些老歌,什么谭咏麟、黎明、罗大佑、蔡琴,都在讲述着光阴的故事,仿佛为我的怀旧做铺垫,令我不能不放下书,拿起笔,为那段淡蓝色的日子记下一鳞半爪。

2005 年 7 月 27 日凌晨于国年路

附记:

这是两个多月前的一个深夜翻读《巴金译文全集》的时候随手写下的。巴金和他的书,与我的生活早已分割不开,在我成长的每个阶段都留下了关于他们的深刻印记。如今,巴金离去,愿这些不成样子的文字能够化作一朵小花,伴他远行。

2005 年 10 月 20 日

我的生活的一部分
——读《巴金译文全集》

　　巴金是在《巴金全集》编辑过程中产生了编辑《巴金译文全集》的想法,当时三联书店版的《巴金译文选集》刚刚出版,收录了十种精短的译作,受到了读书界的热烈欢迎。《巴金全集》的编辑促使老人由被动转向主动开始回顾、总结自己的一生, 几乎与文学创作同时起步的翻译在巴金一生中占有重要地位,自然难以排除在外。1991 年 10 月 4 日巴金在致责编王仰晨(树基)先生的信中说:"《巴金译文全集》,准备动手吧。估计工作时量不会太大,我相信你,你来搞,我放心。"就这样,在《巴金全集》完成之后,他又与王仰晨合作,战胜病魔,投入《巴金译文全集》的编辑中。经过六七年的努力, 这部装帧精美的十卷本全集摆在我们面前, 而以实事求是的态度勇敢地面对历史做好两部全集的编选工作也成为巴金垂暮之年最主要的工作。

《巴金译文全集》(人民文学出版社 1997 年出版)像它蓝蓝的封面一样如同一片浩瀚的大海,这里有屠格涅夫、高尔基、王尔德等人的文学名著,有赫尔岑、克鲁泡特金、妃格念尔等革命家、思想家的回忆录,还收录了不少长期没有再版的书,它们文笔优美,有着经久的魅力,也是珍贵的历史文献。《地下的俄罗斯》(司特普尼亚克著)最初是 1929 年启智书局初版,1936 年改名再版过,以后就没有出版。《我的生活故事》(凡宰特著)1947 年后不曾再版。六本"西班牙小丛书"只在抗战时印行过两版,以后不曾再版。《狱中记》(柏克曼著)1947 年后就不曾再版过。

巴金说这些译文都是他从外国先辈那里借来的向腐朽落后、封建专制战斗的武器,事隔多年,对于这些武器他"仍有很深的感情","我重读他们,还是十分激动,他们仍然打动我的心,即使这是不高明的译文,他们也曾帮助我进行'战斗',它们也可以说是我的生活的一部分。"(《〈巴金译文选集〉序》)全集中的这些译文曾对巴金的思想和人格发展产生影响,是解读巴金思想的一把钥匙,巴金曾说,克鲁泡特金的《我的自传》"对我的影响极大";司特普尼亚克的名著《地下的俄罗斯》"是我年轻时候最喜欢的一部书";"妃格念尔的文章更使我感动"……这样的字句充溢了每部书的前言、后记。在这批书中，《告少年》《夜未央》曾给巴金思想以启蒙，它们"给他打开了一个新的世界，使他看见了在另一个国度里一代青年为人民争自由谋幸福的奋斗的大悲剧。"这些书让年轻的巴金"第一次找到了他梦景中的英雄，他又找到了他的终身事业"。(《〈夜未央〉小引》)从中我们不难发现，巴金编辑这部全集其实也是对自己思想的一次重新梳理，对于研究者来说，这批书的价值不言自明。

这些译作来自不同国度出自不同手笔，却表达出一种相同的精神：它们都是呼唤正义和自由的号角，是为理想奋斗的进行曲，是生命的赞歌，是充满人道主义情感的乐章。我们不会忘记那首精短的散文诗《门槛》，高高的门槛前站着一位姑娘，一个阴森的声音在问她："你知道跨进这道门槛什么在等你吗？"姑娘镇静地答道："知道。寒冷，饥饿，憎恨，嘲笑，蔑视，侮辱，监狱，疾病，甚至于死亡。""你不怕吗？""我准备好了。我要忍受一切痛苦，一切打击。……我不要人感激，不要人怜悯。我也不要名声。"她毅然跨过了这道门槛。在生与死、血与火的考验中，为了崇高的理想她不惜牺牲自己。还有高尔基笔下掏出自己的心，为大家照亮道路的勇士丹柯。克鲁泡特金在《伦理学》中提出人类的道德问题，他认为构成道德的三个要素是互助、正义和自我奉献。最高的道德规范应该是奉献，把自己的一切奉献给大众，只有在这样的奉献中才能找到生命的价值和意义……在一个功利化的时代中，重读这样的文字，如同清泉冲击我们的心间尘垢，对我们认识生活理解人生也不无帮助。一百多年来各国仁人志士为寻找人类美好的生活前仆后继，献出了鲜血和生命，这批书，特别是那些已经绝版的一些革命家的回忆、传记让我们看到了别样的人生，是我们研究他们心路历程的不可多得的史料。

巴金常说他跟许多外国老师学习写作，学习如何用笔表达自己的感情，在《〈巴金译文选集〉序》中他也谈到了他的翻译与创作的关系，谈到了自己最早翻译的迦尔洵的《信号》，从其中学到的人道主义，他说"我译出的作品都是我的老师，我翻译首先是为了学习"，"可以说我的写作生活就是人道主义吧"。一个人的成长可能会接受各方面的影响，译文的一些影响我们会在巴金的创作中找到影子，特别是在他的早期创作中表现得较为明显，对此，已经有许多人做出了细致的探讨。就是在晚年，他从翻译赫尔岑的《往事与随想》中获得启发，完成了自己的巨著《随想录》,他说赫尔岑的笔带着强烈的感情,《往事与随想》反映了俄罗斯社会的各个层面,如同一部百科全书,仔细品味,我们难道看不出他自己的《随想录》与其中的联系吗？

像《巴金全集》一样,巴金为《巴金译文全集》每卷写下了《代跋》,对与译作相关一些情况作了说明,它们不仅是重要的史料,而且还是带着巴金风格特色的一篇篇声情并茂、炉火纯青的散文,在这里他回顾往昔岁月,想起了一批朋友,以一支深情的笔诉说动人的友情。在《巴金译文全集》第一卷代跋中,他想到了汝龙,说"当初他离开人世的时候,我在病中,沉默地接受了这个噩耗,今天我将这卷书献给他";谈到屠格涅夫,他想到当初与丽尼、陆蠡在西湖边决定介绍六大长篇的事,他说:"屠格涅夫的长篇小说还在我的手边,它们还在叙说三个知识分子的友情。"他还想到了自己的表哥,是他最初带巴金读高尔基的小说的,巴金深情地说:"对于他,我什么话也没有机会说,许多话藏在心里。他是我的第一个引路人,我如今找到自己的道路,却忘记了他。他一九三三年在上海要我帮他找工作,我没有办到,今天再一次想到往事,我责备自己是一个忘恩的人。现在把这卷书献给他,表示我的内疚。"(《〈巴金译文全集〉第五卷代跋》)还有很多难忘朋友,如给他寄书的华工钟时。岁月流逝,但友谊仍然如初,读着这些文字仿佛能够感受到巴金那颗跳动的心。当然,他始终忘不了"几十年来给我厚爱的读者","对我的国家和人民,我有无限的爱,为了表达这种感情,我才拿起笔","病夺走了我的笔,我还有一颗心,它还在燃烧,它要永远燃烧。我把它奉献给读者。"(《告别读者》)

1998 年写于大连

那些美丽的梦

——与巴金信仰有关的三部书

　　近期展出的"巴金·上海——纪念巴金先生逝世五周年"图片文献展，较为集中地展示了巴金故居在近年来资料整理的成果，在人所熟知的巴金背后，有很多全新的文献展出，其中有几部与巴金的早年信仰相关的书颇值一说。我把这些书称为"与梦想相关的书"，而且是些美丽的梦。因为，巴金的信仰不是单单为了个人的安乐，而是为了整个人类的幸福，他称之为"先生"的凡宰特就曾说过："我的心里生长了爱的萌芽，我怀着人类爱的观念，我以为谁加惠或伤害一个人便是加惠或伤害全个种族。我在众人的自由中求我的自由；在众人的幸福中求我的幸福。我相信义务、权利、事实三者的平等是一个正当的人类社会的唯一的道德的基础，只有在这基础上面，正当的人类社会才能够建立起来……"①这种自我与他人的休戚与共感是当代社会越来越缺乏,却越来越需要的。巴金反复引用凡宰特的另一段话是:"我希望每个家庭都有住房,每个口都有面包,每个心都受着教育,每个智慧都得着光明。"②我认为这也是巴金的社会理想。这是纯粹又崇高的梦想,相比之下,当代人常常不自觉地沉溺于欲望和享受中,自动地远离了内心的情感和梦想。欲望让人焦虑,而情感会净化心灵,且历久弥新,终生难忘,巴金先生精心保存着这些书刊,可见他心中的那份岁月冲不淡的情。

《夜未央》

波兰作家廖·抗夫无论如何也算不得名作家,我甚至很难找到一份他的详细的介绍。但在二十世纪初的一段时间,他的剧本《夜未央》却被大量翻印,甚至还有不少演出。巴金的小说《春》中就曾经写过女主人公淑英看了《夜未央》的演出后激发了走出家庭的勇气。了解巴金的人都

---

① 凡宰特:《我的生活的故事》,《巴金译文全集》第八卷,人民文学出版社 1997 年 6 月版第 268 页。

② 同上,第 269 页。

知道,它也是巴金的思想启蒙读物。巴金以带着情感的语言回忆过自己少年时读此书的感受:

> 大约在十年前罢,一个十五岁的孩子,读到了一本小书。那时候他刚刚有了爱人类爱世界的理想,有一个孩子的幻梦,以为万人享乐的新社会就会与明天的太阳一同升起来,一切的罪恶就会立刻消灭。他怀着这样的心情来读那一本小书,他的感动真是不能用言语形容出来的。那本书给他打开了一个新的眼界,使他看见了在另一个国度里一代青年为人民争自由谋幸福的奋斗的大悲剧。在那本书里面这个十五岁的孩子第一次找到了他梦景中的英雄,他又找到了他的终身事业。他把那本书当作宝贝似的介绍给他的朋友们。他们甚至把它一字一字地抄录下来;因为那是剧本,他们还排演了几次。

> 这个孩子便是我,那本书便是中译本《夜未央》。

此书,我现在读到的都是巴金的译本(初名《前夜》),巴金说李石曾的旧译本与原本比有不少误译和删节的地方。资料显示,该剧中译本最初是 1908 年巴黎新世纪书报局出版的。那么当年的本子是什么样子呢？两年前，姜德明先生写过一篇《巴金与〈夜未央〉》其中提到过："二十多年前，我偶过北京隆福寺的中国书店，那里新文学的旧书已很稀见，我竟从架上捡到一本十六开长型本李译的《夜未央》。书用重磅道林纸印，大型字号竖排，内有多幅在巴黎公演的剧照，且有三幅印刷精良的染色彩照。书前还有作者廖·抗夫像和为李译中文本写的序。我顿时想到：根据当时国内的印刷条件，此本很可能是光绪三十四年在巴黎印行的，因即购下。归来后细查，发现书中无出版年月，书后只附有世界社介绍《世界》杂志第一、二期的广告，似缺版权页。可是在书的封面上又赫然印有：'版权所有，万国美术研究社刊行，每册定价大洋八角。'一书在手，依旧茫然，究竟何者为《夜未央》最早的版本，看来只好求教于高明了。"①《夜未央》版本难断主要是因为当年它是作为"革命读物"而被反复翻印，而不是商业销售，故出版机构、版权信息等不但不全，而且时常还被有意隐去。那些地下或半公开的小团体翻印的小册子即使在当年都是在特定的范围内流通，如今又怎么能搜集得全呢？因此姜

---

① 《与巴金闲谈》，香港文汇出版社2010年7月版第70—71页。

先生提到的版本问题恐怕一时难以解答。他谈到的这个本子的《夜未央》，是较早的印本之一当无疑问，且有那么多的剧照，也算是精印本了。

没有想到，秋天在整理巴金先生藏书时，李小林老师居然一下子发现了三本《夜未央》，与姜先生手中的本子一模一样。这三本书不是巴金少年时所读的，而是他后来搜集来的，有一本上面盖着"上海旧书店"方型红章，标价一元五角。——在自己翻译了新译本之后也始终没有放弃旧本的搜寻，一藏就是三本，可见巴金对此书的喜爱。三本书，其中一本是平装本的原样，另外两本加了精装的封面重装过，一本现在是泛黄的布面，仅书脊有烫金的"夜未央"三个字；另一本是蓝面，黑色书脊，书脊无字，有七道双行的金线。——这样的重装也能见出主人对它的珍惜。补充一下姜先生的描述：封面当中是一幅剧照，"夜未央"是三个大红字，上面是蓝字的"欧美社会新剧之二"，从本书后附录的广告可知，之一是《鸣不平》，也是李石曾所译，广告云：

　　欧美社会新剧之一　《鸣不平》
　　此剧乃法国有名之风俗改良戏曲家穆雷氏所

《夜未央》平装本书影

213

著，虽一简单之杂剧，然层折繁复趣味浓深，几为空前绝后之谐文。本社又倩著名滑稽画家随全剧七场之情节插绘，精细勾勒画二十余幅，其情态之生动，笔法之老到，不但展玩之可遣雅兴，而且模仿之无异画稿也。同人以此册为结社时纪念小品，故仅定廉价大洋一角五分，祈诸公争先快购为幸。

接下来的问题是这书究竟是哪一年出版的？万国美术研究社又是怎样的机构？先说后者，我在资料中查到，这是与李石曾等人的世界社一体的机构（是否只存名义而不存实体不得而知）："1906年，张静江、吴稚晖、李石曾等人在巴黎市区达庐街25号创办世界社，这里也是当年中国革命党人在欧洲活动的中心场所，孙中山到巴黎时也曾在此下榻。张、吴、李等人首先印出革命丛书七种，继之又编辑出版《新世纪》周刊、《世界》画报和《近世界六十名人》，还翻译发行鼓吹革命的《夜未央》《鸣不平》等剧本。这些出版物传播着革命思想，在国内及欧美留学生中产生了很大影响，也成为推动辛亥革命的重要思想武器……""而波兰廖·抗夫的《夜未央》和法国穆雷的《鸣不平》这两部著名剧本，也是由他翻译，作为'万国美术研究社'

214

的丛书出版的。"①姜先生怀疑他的书缺页,但我查了巴金收藏的这三本,都没有版权页和出版日期,并没有缺页。但书后面的广告却可以给我们推断《夜未央》的出版日期提供一定的依据。后附《世界》第一期的广告说,第一期数万册,"早已大半售出。而声誉已满国中,今剩书无多,再版在即"。查该刊是 1907 年 11 月创刊;广告说第二期"……渐次印竣,不日运沪发行"。《世界》就印了这两期,第二期是 1908 年出版的,那么这册《夜未央》也应当是 1908 年出版的。顺便插一句:前两年《世界》画报曾以高价出现在拍卖市场上,因为该刊被认为是中国最早用铜版制版、道林纸印刷的画报。而《夜未央》之印制精良,特别是三幅彩图之吸引人当不在《世界》之下。

巴金的译本中,并没有廖·抗夫为中文本写的序言,不妨将李译本的抄录如下:

序言

吾甚喜吾之《夜未央》新剧,已译为支那文。俾支那同胞,亦足以窥见吾之微旨。夫现今时世之黑暗,

---

① 张伟:《一百年前的"世界"》,《纸韵悠长:人与书的往事》,台湾秀威资讯科技股份有限公司 2009 年版,第 86 页。

沉沉更漏,夜正未央,岂独俄罗斯为然?我辈所肩之义务,正皆在未易对付之时代。然总而言之:地球上必无无代价之自由。欲得之者,唯纳重价而已。自由之代价,言之可惨,不过为无量之腥血也。此之腥血,又为最贤者之腥血。我支那同胞,亦曾流连慷慨,雪涕念之否乎?吾属此草,虽仅为极短时代一历史,然俄罗斯同胞数十年之勇斗,精神皆在文字外矣。支那同志,其哀之乎?抑更有狐兔之悲耶?

　　千九百八年夏　波兰文学博士廖·抗夫序

　　两年前,我曾在孔夫子旧书网上看到过一则售书信息:

　　孤本《自由社丛书·夜未央》*On the Eve* 鼓吹俄国无政府主义的剧本,三十二开。

　　作者:波兰文学博士廖·抗夫著,李煜瀛(即李石曾,1973年卒于海外)译,书前有上海法界东新桥138号费哲文处所出无政府主义书八种待售书目。内有刘师复的《师复丛刊》,此书为了解中国无政府主义组织和出版活动珍贵史料。

出版社：上海新文化图书馆印行，新世纪1920年12月再版，正文173页，书中有剧照，1908年原序，费哲民导言。

这是济南的一个书店售出的书，不知被谁买去了，这是《夜未央》的又一个版本。

2010年11月12日

《鸣不平》

写上一节时，我不曾看到《鸣不平》，但抄录了《夜未央》封底的广告，上面说"欧美社会新剧之一"是《鸣不平》，这个剧本现在很难找到了，资料上说：1908年巴黎新世纪书报局出版，李石曾译，广州革新书局在国内印过，但这个剧在中国的影响似乎没有《夜未央》大。我查了几大图书馆的馆藏目录，都没有检索到；查《民国时期总书目》《中国现代文学总书目》都没有查到，那是不是意味着进入民国时期这个本子就没有单独印过？

但我想说巴金收藏的两个重要特点：一是连续性，七八十年来，他的文献资料没有中断，甚至留学法国时的资料也有不少带回国内，保存至今；这对于一个经历过兵荒马乱岁月而且常常居无定所的人来讲是不可想象的。二是完整性，很多他喜欢的书，一定是成套地买全，一定是各种版本都买足。比如鲁迅的书，还有屠格涅夫、托尔斯泰、高尔基等人的书，版本众多。所以，当找到"欧美社会新剧之二"《夜未央》时，我就奇怪，怎么会没有之一《鸣不平》呢？这不符合巴金的习惯啊！果然，找到了。与《夜未央》同属万国美术研究社刊行的丛书，封面装帧、内文的设计及用纸都一样，正如它的广告所言，其中有多幅插图，不过没有彩色插图。封面是书名，中间一幅画，人站在由高到低的台阶上，点出该剧要表达的阶级差别的意旨。下面写着"原名社会阶级"，接下来是定价和刊行者。书的右下角有巴金红笔签名 "芾甘"，签名上还压有蓝印 "李芾甘印"。有巴金的名和章，大约在书贩子眼里，这本书会更值钱吧。封底与《夜未央》一样，也是书刊广告两则，一是《夜未央》的广告，另一仍是《新乐谱课本》。不妨把《夜未央》广告也录在这里：

社会剧之二 《夜未央》

此剧为波兰法学博士廖·抗夫（L.Kampf）所著转

218

译，为英、法、德、俄数种文字，极为欧洲社会所欢迎。千九百七年冬开演于巴黎城北美术剧院，连演百四十日，每日观者满座，巴黎文学美术各报以及演说皆称道之谓为"新世界新欧美剧之纪元"，即此可见其价值。此剧所演者为近日俄国革命之一段历史情节之真描写之，确绝非己往之陈剧可比。此亦所以受大欢迎之故。

新剧第一编《鸣不平》虽谐妙无双，然不过为滑稽之陈短剧；若《夜未央》者无论情节之反复，不啻一记载甚博之说部书，故就其版页而论已十倍于《鸣不平》，而又加以写真铜版图及三色写真铜版图十余幅，将美术院扮演时之真景用快镜摄下，俾读此书者，恍若亲至巴黎市目睹文明都会之名剧。此书仅定廉价大洋八角。

此剧虽然分为七场，但甚短，竖排的印本连插图也不过二十一页。前有译者引言，交代了剧本的情况及自己在法国看剧的经历，既然剧本如此难得，不妨也原文照录：

鸣不平，乃法国有名之风俗改良戏曲家穆雷氏

219

所著。原名《社会之阶级》。虽一简短之杂剧，而社会
不平等之恶状，及世人对于不同职业者之卑鄙及骄
傲，描写殆尽。千九百一年，此剧初演于巴黎之"文
化"剧院，倾动全都。逮千九百六年，"昂端"剧院主
人，以此剧为一般社会所欢迎，复取演之；适译者亦
与其盛。此剧连演数周。每夜座客充塞，车马阗溢门
外，不得入场券，怏怏而去者，甚多。译者一夜偕友同
观。隔座一贵夫人，想其平日骄肆之状，流露颜色间，
当不可向迩。是夜开演将半，稍停，共诣前廊，取换空
气。忽一穷媪自下座来；见此贵妇，前致寒暄，颇形觳
觫。而此贵夫人，乃与握手尽力礼待，倍极温婉。参立
之长裾高冠者皆愕异。然稍一注目，各复会意，均若
含有惭色。译者微窥之，知皆为剧台上发挥性之戟刺
力所摄制。即此最微之端，可见世人不正当之阶级，
而一经闲闲着笔，连属而形容之，无有不引起各人良
心的内疚者。呜乎！此杂剧之所以有功社会；非徒娱
乐都人士女之良宵而已。

许多资料都说该剧印行于 1908 年，但都不是万国美
术研究社刊本，根据上文关于《夜未央》的推断，巴金的这

个藏本也当在这一年。广告中说，该书为"同人以此册为结社时纪念小品"，我没有查到万国美术研究社是哪一年成立的。该书又是没有出版时间的出版物，只能留待以后由其他旁证来确定出版时间了。

《鸣不平》讲的是由阶级、社会地位差距所造成的不平等的故事，反讽的是，谁都在为此鸣不平，却人人都要维持着这种等级秩序。银行家达雷一心要把女儿嫁给有头衔的贵族，认为这才是荣耀的事情。没有想到，他即使付出巨额陪嫁，贵族还是告诫他："你是错了！你想把你女儿许了我们贵族，你也就变得高贵，便可同我们平行。我劝你不要做这梦了。"这个梦破灭了，用人李庸向他来求婚，并声称真的爱小姐，结果被他生硬拒绝，李庸慨叹："他既然晓得我本人的好处，又要择什么门第。"可是有这样想法的他，同样拒绝了女佣玉叶的爱，说："若是我娶了你，我怎样出头见人。"被他拒绝的玉叶同样拒绝车夫云儿，云儿又对黑人克里东颐指气使的，而黑人又冷漠地对待了乞丐，乞丐只有去训狗了……"人人平等"的口号在实际中变得脆弱不堪，每个人都仰望上层又鄙视下层，剧本以并不复杂的情节讲述了这样一些事情，以诙谐的语言演示了耐人寻味的世情。据说近代翻译戏剧有文本记录的最

221

早的译者是李石曾，他翻译的最早的剧本就是《夜未央》和《鸣不平》。

在一篇《异名剧作〈鸣不平〉与〈黄金塔〉》①文中，作者说："由于《鸣不平》没有留下剧本，其实际影响恐怕也不如《黄金塔》来得深远。至于《黄金塔》的译名缘何而起，由于该剧从日文转译，日译本原名如此的可能性极大。确切的答案有待进一步考证。"从这段文字看，该文作者似乎既没有见过《鸣不平》，又没有见过《黄金塔》。首先交代一下，1908年寒假，《鸣不平》最先在日本由春柳社同人公演，1915年3月成都四川公报社的刊物《娱闲录》以《黄金塔》的名字刊出了这个剧本，署"[法]佚名作、独译"，后有该刊编辑者附识："以上新派演戏适用之脚本《黄金塔》一幕，近数年来，法国最为流行。五年前吾国文士留滞日京者，尝于新年宴会之余，试演于锦辉馆，观者称赏不置。按剧本结构甚简易，然而思想入妙，逸趣纷披；译者造句传神，亦煞费苦工。若能按本练习，依次登场，未有不能动人者也。"②《中国近代文学大系·翻译文学集三》收入了这个本子，让我们

---

① 作者袁国兴，载《中国现代文学研究丛刊》2000年4期。

② 施蛰存主编：《中国近代文学大系·翻译文学集三》，上海书店1993年4月版，第834页。

可以一睹庐山真面目。看了开场，就知道"《黄金塔》的译名缘何而起"了：剧本的开头是银行家达雷在家中拆信，从各人的介绍中挑选乘龙快婿，并顺口向女仆宣扬他的人生观："……世界上除了黄金，更无所谓阶级。世界好似黄金塔，从头到顶，有十三层：第一等富家翁，占最高的那一层；家财若减等，所占的阶级，也就减等。这就是黄金的势力，限制人类，不由你不服从的。"接下来才是贵族的来访。而这前面谈论黄金塔的一段恰恰是李石曾的译本中所没有，巴金曾经抱怨李在翻译《夜未央》时随意删改，那么《鸣不平》也遭了他的刀斧？还有一个区别是，《黄金塔》写着是独幕剧，不分场；《鸣不平》分七场。至于"由于《鸣不平》没有留下剧本……"这个说法，当然更不成立了，不过这个剧本很早就绝版了，倒有可能。

2010 年 12 月 4 日晚

《丹东之死》

《丹东之死》，小三十二开本，钢笔手写体的书名，红艳艳的。该书是前苏联作家阿·托尔斯泰所作，巴金在二十世纪三十年代由世界语译成中文，初版本列为微明丛书，由微明学社编辑,开明书店 1930 年 7 月初版。(《〈丹东之死〉译序》题注说:"署一切译",可是这本微明丛书版的却署"译者 巴金",难道同时另有印本?待考。)关于这部书的翻译,巴金后来曾说:"《丹东之死》中译本在一九三一年刊行,是从世界语译本 *La Morto de Danton* 转译的。译笔不妥的地方一定不少。但原书已在 1932 年淞沪抗日战争中烧毁,我无法根据它来校改我的译文。"(《〈丹东之死〉新版后记》)这是一个讲述法国大革命故事的剧本;丹东意志消沉,对革命不再感兴趣;罗伯斯庇尔想用人头和鲜血保证革命, 而民众则要求面包……巴金 1934 年 6 月写过一篇《丹东的悲哀》小说,其内容与这个剧本大致相同。同时期,巴金还写过《马拉的死》《罗伯斯庇尔的秘密》两篇小说,基本上可以体现巴金对于法国大革命的看法, 这三篇小说后来收在作者的小说集《沉默》(1934 年 10 月生活书店初版)中。巴金用历史小说的形式写了法国大革命中的三大领袖,对于这三个人,他各有评价,他更敬佩马拉,为他的死感到惋惜:"马拉比谁都更爱人民, 他是人民的最忠实的友人。"(《〈沉默〉序》)对于罗伯斯庇尔,巴金的看法也颇为辩证:"罗伯斯庇尔并不是一个坏人……他的确是一个不腐败的重视道德的人。他热爱革命,但是过于相信自己。他在人民啼饥号寒之际,不能满足人民的要求,却只是讲道德杀敌人……他忽略了人民的不满,却一面杀人,一面叫国民大会议决最高主宰的存在和灵魂不死, 想用这个来安定人心……结果他自己被反动派联合起来送上了断头台。"(《〈沉默〉序》)而对于丹东,"悲哀"两个字可以概括巴金的感情,他曾引用丹东的话:"大胆,大胆,永远大胆!"但丹东后来自己丧失这个勇气,成为革命的牺牲品。而对于法国大革命,巴金更重视民众的意志,他一再强调:"谁违背了民众的意愿和要求,哪怕是曾经作出过贡献,也将为民众所抛弃。"

这本《丹东之死》环衬页上有巴金签的一个"金"字,并画了一个圆圈。殊为难得的是此环衬的背面空白页和扉页背面的空白页上有巴金用钢笔写的三段话:

这所谓民众的自发运动, 并不是从天上突然降下来的。它有它的远因和近因。经济的不平等,政治的压迫,特权的滥用,这些是促成革命的重要原因。民众的怨恨积在一起,一旦爆发起来,就产生了惊人的效[后]果。巴斯底监狱本身在当时并不重要(那时囚[候关]在里面的犯人[据说]不到十个),但它却成了

225

代表着多年的不义与压迫的东西，把民众的多年来的怨恨都集中在它的身上[上面]。它倒[下]了，然而情形并不曾好一点，民众的愤恨一发便不可收拾。没有势力能够阻止它。

其实民众的自发运动并不是从一七八九年七月十四日起[开始]的。在路易十五的末年法国的情形就驱使民众走向反叛的路上了[此二字后删]。路易十五留下了[此字后删]一批战债[结果是财政的破产]，和一种荒淫的宫廷生活[结果是王族的腐败和人民的怨愤]给他的孙儿。所以自一七七四年路易十六即位以来，农民叛乱更是继续不断地增加。都市里的情形也好不了多少：工资低，面包的卖价高，一个普通的工人很难养活他的家庭。困苦和绝望逼着人民叛乱。压迫便在火上加了油。政府虽然[后改为"虽然政府"]于一七八八年八月召集所谓全级会议，于次年五月五日正式开会，集贵族、僧侣、平民三阶级代表于一堂讨论国是，然而政府的处置既不公平，贵族僧侣又坚持着他们的偏见，不肯与平民的代表合作，宫廷方面更偏袒特权阶级。结果以雄辩的律师米拉波为领袖的第三阶级的代表恃着人民的后援，拒绝了国王的

226

《丹东之死》书影及巴金增补文字页

命令,撇弃了贵族和僧侣,于同年六月十七日自行组织为"国民议会",议决现行课税皆不合法;并[而]且反抗政府解散议会的计划,六月二十日宣誓于网球场,更集合于圣路易教堂。王室的威信从这时起就开始衰落了。

政府不肯改变它的政策,贵族不肯放弃他们的特权。人民在政府、贵族、僧侣三重压迫下面缴纳租税,担任徭役,无希望地挨着日子,忍耐终于有一天失了效力。当时的事变是一根引火线。于是骚乱来了,积到最后便是一个[有了]大爆发,这就是有名的七月十四。关于这经过一般的世界通史里面都有简略的说明。(方括号中的文字,系后来巴金修改或填加的,据《巴金全集》《巴金译文全集》校。)

这段话比较清楚地解释了法国大革命爆发的原因。这本新发现的《丹东之死》原来是巴金校正本的一个底本,能够保存到现在也不容易。这三段话巴金后来补到《法国大革命的故事》这篇长文中。《法国大革命的故事》,现在作为《沉默》集的附录收在《巴金全集》第十卷中,题注是这样写的:"本篇最初收入一九三〇年七月开明书店初版《丹东之死》,系该书之《译者序》;一九三九年五月该书三版时改为现题,并移作该书'附录'。"巴金说:"记得这篇文章还是夏丐尊先生要我写的,当时他是开明书店的总编辑。现在他逝世已有六年了。想到他过去给我的一些帮助,我还压不下我的感激之情。"(《〈丹东之死〉新版后记》)我没有找到该书的二版和三版,不知是不是在由"译者序"改为"附录",即在该书第三版中,巴金将这个校正中所添加的文字改正进去了。巴金文字版本众多,要弄清楚来龙去脉,非得有一个极其完备的版本库不可,巴金自己说:"'故事'在三十年代初就写成了,后来又加以修改和补充。"①(1988年6月23日,致王仰晨)"谢谢你寄来《法国大革命的故事》,让我记起了这篇文章。不过你寄来的是第一稿,一九三六年我编辑短篇第二集时又把《故事》增改一遍……"②(1988年7月10日,致王仰晨)也就是说,1934年这篇文章作为《沉默》集附录的时候巴金只做了简略修改:"末附《法国大革命的故事》,是将一篇旧作改写而成的(其实改动的地方不多)。我颇满意这文章,虽然曾在我所译的一个剧本里印过一次,但那剧本很少被人看过。

---

① 《巴金书简——致王仰晨》,文汇出版社1997年12月版,第225页。
② 同上,第228页。

现在印在这里也可以帮助读者了解我那三篇所谓历史小说。"(《〈沉默〉序》)此文收入开明书店版《巴金短篇小说集》第二集的时候,才做了彻底的修改(将初版《丹东之死》上的增补文字补进),巴金在编《巴金全集》时有这样的交代:"现在寄回给你的复印件是一九三六年年初增订过的第二稿","当时我并未想到会写《罗伯斯庇尔的秘密》等短篇小说,那是一九三四年的事。同年我在北平编辑我的第六本短篇集《沉默》,把那三个关于法国大革命的短篇小说收在一起,忽然想到一九三〇年写的《译者序》读者不多,便找出来,稍稍改动一下,作为小说集的附录印在卷末……""这就是'故事'的第一稿,也就是你寄给我的那个复印件。一九三五年年底,我向上海新中国书局赎回了我卖给他们的几本书的版权,另编两集短篇小说交给开明书店刊行。第二集是一九三六年年初交稿的……这期间我把'故事'又改了一遍,因为一九三五年上半年我在日本东京搜集了一些资料,才过了几个月,记忆犹新,我拿起笔,它们就像喷泉似的落到纸上。大概一个星期罢,我做完了增订的工作。那就是收在开明版短篇小说第二集第四编中的《法国大革命的故事》(第二稿)。后来重印《丹东之死》,我又从《译者序》中删去构成'故事'的一部分,把小说集里那篇增补过的'故事'作为剧本的附录。"(《〈巴金全集〉第十卷代跋》)这篇文章除了作为附录之外,还曾以《法国大革命略论》为题发表于《进化》杂志的创刊号①,署名"巴金",这时,这些修改都已经改进正文了。大约正是为短篇二集所修改的稿子吧。

我对照了开明书店1936年4月初版的《巴金短篇小说集》第二集,校正本的内容已经完全补入新一稿中了。令我高兴的是,巴金编印《全集》时提到的,"这就是'故事'的第一稿,也就是你寄给我的那个复印件。"居然找到了,巴金在上面也有多处修改。比如,将"我要走遍法国饱赏这美景"中"饱赏"改为"饱览";将"一个耸入云端的自由女神像代替了它"中"一个"改为"一座";将"在广场上围着跳舞"中"围着"两字去掉等,不过以上举例中后两例,在《巴金全集》中仍然没有修改。这一稿巴金在修改到一半的时候意识到是"第一稿"所以就停止了修改,也就这样留下了。全集所用的是根据第二稿修改的。不过,巴金在第一稿上删了一段话,颇值得注意:"我们现在回溯到一百余年前的事,我们来看那法国大革命的壮剧。我们的第一个印象

---

① 叶之华主编,进化社1936年5月8日出版。

就是:法国大革命是英雄的行为之表现,但这个英雄不是米拉波,不是丹东,不是马拉,不是罗伯斯庇尔;这个英雄是民众。[这一点许多最好的法国革命史家如米涅(Mignet),如米席勒(Michlet),如阿拉(Aulard),甚至如旦纳(Taine)以及'英雄崇拜'的加莱尔(Carlyle)都认识的,更不消说起克鲁泡特金的杰作《法国大革命》了]不错,我们研究法国大革命史,从第一页翻到末一页,我们都只看见一个英雄在活动,这就是法国民众……"上文中方括号中的一段被巴金划去了,但恰恰这一段话能够看出,他为研究法国大革命史所读的书,以及对这些历史学家的评价。为什么删去呢?嫌啰唆,还是另有原因?尚不得而知。

在初版本中《丹东之死》的这篇《译者序》中,巴金还有很多增补的文字。

在关于"九月屠杀"的一条注释中,巴金用钢笔补充:"他在这两次事件中都处在被动的地位。他后来还承认九月屠杀是没有人力可以阻止的。"这是替丹东所作的解释,这段后来在定稿中重新组织为:"其实他在这两次事件中都处在被动的地位。吕西的日记里说他八月九日夜里在家睡觉,到了半夜别人来找他出去。但不久他又回家睡觉了。关于九月屠杀他后来也承认这屠杀是没有人力可以阻止的。阿拉的《法国大革命之研究和教训》书中把丹东在九月屠杀中的行动说得很详细。"

在谈到马拉的文字中也有增补,"然而事实上马拉是民众之最忠实的友人。[他本是一个卓越的科学家和医生,但后来法国的困苦情形驱使着他参加政治运动,终于变成了一个激烈的革命党人。]"(方括号中的文字乃是巴金增补。)

"在思想上除巴黎公社(埃伯尔派)之外马拉是最和民众接近的,他最能明白民众的要求。自然他也曾犯过错误,[有一个时期他极力主张专政,相信专政可以有利于革命,不过他自己从没有梦想过专政的权力,而且他从没有掌握过政权。他的力量完全在于民众的热烈的拥护。在当时的革命领袖中深得下层阶级敬爱的,就只有他一个,连埃伯尔也不及他。]"(同样是说马拉的,方括号中的文字乃是巴金增补。)

这么仔细的修改和增补可以看出巴金对这篇文章的偏爱,至今重读此文,我觉得巴金的很多观点仍然发人深省:

法国大革命是英雄的行为之表现,但这个英雄不是米拉波,不是丹东,不是马拉,不是罗伯斯庇尔;这个英雄是民众。

革命既以自由、平等、博爱三大原理来号召,那么在实际生活中必将此三大原理实现才行,所以单制定新法律是不够的,至少必须根本改造社会制度,改善民众(尤其是农民)的生活状况,把他们从贫困的深渊中救拔出来。

对于革命裁判所,巴金的评价是:"它起初确实使得反动分子胆寒,而保障了革命的安全。但不久就渐渐变为个人的野心与复仇之工具,而成了罗伯斯庇尔屠杀其仇敌的机关,许多真正的革命分子就被它送上断头台去了。"巴金对于革命中,特别是领导者们如何利用民众的意志获得权力从而走向专制的独裁有着非常深刻的分析,这也是最值得我们警醒的地方:"历史的事实常是如此,民众把专政权交给别人要他们来压制民众的仇敌,但结果他们后来总是用这权力来压制民众自身。所以民众看着埃伯尔派被害之后又来看丹东派的死刑了。"

克鲁泡特金曾经这样总结法国大革命的历史成果:"一切都是人类之遗产。一切都已结了果子,而且还结更好的果子,只要我们向着横陈我们面前的世界走去,在那里有像指示途径的大火炬,照耀着这些字——自由,平等,博爱。"①巴金也高度评价了它的意义:"我们都是法国大革命的产儿,都是在它的余荫之下生活,要是没有它,恐怕我们至今还会垂着辫子跪在畜生的面前挨了板子还要称谢呢!"我们应当记得巴金曾经说过,他也是"五四运动"的产儿,"五四运动"与法国大革命自然有着精神上的渊源,巴金就是在这两种不同却有着一脉相承的精神传统中成长。

关于法国大革命,巴金在抗战期间还写过两篇散文《卢骚与罗伯斯庇尔》《马拉、哥代和亚当·克鲁斯》,1947年又写过一篇《静夜的悲剧》。我想除了他对于法国大革命有着情感和思想上的偏爱之外,也不无现实的目的,比如提醒当政者注意与民众的关系。到晚年,巴金对法国大革命仍旧有情如初,巴金曾希望收有《沉默》的这卷全集早一点印出来:"明年是法国大革命两百年纪念,希望《全集》中的那一卷早印出来。"②(1988年11月13日,致王仰晨)在巴金与王仰晨先生的通信中,我得知人民文学出版社

---

① 《法国大革命史》,杨人楩译,华东师范大学出版社2006年9月版,第550页。
② 《巴金书简——致王仰晨》,第225页。

有将这些写法国大革命的作品集中在一起，印一本书的想法,以资纪念法国大革命两百周年。但巴金却否定了这个想法:"为了纪念法国大革命两百周年,出点什么,本来是好事。然而法国大革命为我们争来人权,法国人干的是严肃的事情,他们杀了国王。我们……结果保留了很多封建流毒。我那几篇文章写得不好,印在《全集》里已经很宽大了,不必再编印单行本。纪念法国大革命得写两篇好文章,我无办法。"(1989 年 1 月 11 日,致王仰晨)①这话是带着些许悲愤和失望的。

2010 年 11 月 28 日晚

---

① 《巴金书简——致王仰晨》,第 243、244 页。

阅读它们对我是一种享受

——谈《萧珊文存》

读过《怀念萧珊》的人，一定不会忘记"萧珊"这个名字，巴金先生描述的萧珊最后日子的情景，特别是那双"美丽的眼睛"也令人印象深刻。在文章的结尾，巴金先生的几句话让我十分感动："她比我有才华，却缺乏刻苦钻研的精神。我很喜欢她翻译的普希金和屠格涅夫的小说。虽然译文并不恰当，也不是普希金和屠格涅夫的风格，它们却是有创造性的文学作品，阅读它们对我是一种享受。""在我丧失工作能力的时候，我希望病榻上有萧珊翻译的那几本小说。等到我永远闭上眼睛，就让我的骨灰同她的掺和在一起。"二十多年前，第一次读到它时，我还是一个初中生，没有条件读到萧珊的译著和其他文字。但关于巴金与萧珊的故事听到的却越来越多，我对于读到萧珊个人文字的渴望也越来越强烈了。1994年，《家书——巴金萧珊通信集》

出版,通过这些书信我感觉到了一个妻子和母亲的音容笑貌;1998年,萧珊和巴金的合集《探索人生》的出版,又让大家见识了萧珊早年的文笔。后来,我也陆陆续续搜集了一些萧珊的文字,一次远远地望着躺在病床上的巴金,我突然想起他说过的话,重印萧珊著译的想法当时就萌生了。前年在翻读老期刊目录的时候,意外地发现三篇萧珊以"陈嘉"的笔名发表的"旅途杂记",我觉得该是认真地编一本《萧珊文存》的时候了。这一想法有幸得到了巴金亲属的支持,他们又找出了很多珍贵的书信和照片,经过一年多的努力,由巴金研究会策划和编辑的这本文存终于印了出来。这几年,我编了很多书,但从来没有一本书像《萧珊文存》这样令我惦念和期待,直到拿到样书才算石头落地、长舒一口气,觉得总算完成了一个小小的心愿。在这本书的腰封上,我除了引用巴金上面那段话之外,还说:"如今两位前辈都魂归大海,这本《萧珊文存》收集了这位有才华的女士的散文、随笔、书信和译文,是迄今为止作者最为全面的一本文集,也是对他们和那个时代的一个郑重的纪念。"这是巴金研究会推出这本书的初衷。其实,珍存前人的足迹,不仅仅是纪念,还是对我们自身生命的梳理和体认,一个人的世界里如果仅仅有眼前,而感受不到身体中的历史

《萧珊文存》书影

血脉的话,那他只能像随风飘浮的蒲公英,既找不到未来的方向,又体味不出现实的绚烂与丰富。

《萧珊文存》更重要的意义在于,它让我们看到了萧珊作为一名翻译家、作家的出色才华、鲜明个性,看到了他们那一代知识分子的追求和曲折道路,可以说,不论是从文献价值和文学价值,它都有很多值得细细品味之处:在萧珊写于抗战中的散文中, 我们看到战火下中国社会的一角,这些见闻和印象,直袭巴金《旅途随笔》《旅途通讯》的笔法,以一个女性的细腻、敏锐和活泼,以生动的文笔,在对个人见闻的叙述中素描中国社会本相,是特定时期中国人和社会面貌的难得的文学记录。新整理出来首次入集的萧珊日记,生动地记录了巴金一家二十世纪六十年代在黄山和广州两次旅行的经历,有对子女登黄山时心理的生动描述,有参观"小鸟天堂"的观感,这两段日记也恰恰补上了巴金日记的遗阙。与穆旦的通信,能够看出友情的珍贵;与雷国维的通信,能够看到做编辑的萧珊的热情;而写给巴金和子女的"家书"更是一个家庭的珍贵记录,让我们看到了那个向丈夫描述孩子成长的妻子,对子女细细叮嘱的母亲。特别是"文革"期间的信,更是令人读后唏嘘不已。她焦急地盼望着巴金的"问题"尽早解决,可又不敢多说什么，给远在安徽农村劳动的儿子的信上只有这样的字句："父亲节前夕回来度假,中午刚走,这次机关来了几次人,要他写一篇全面认识。别人也在动。前几天小妹听了一次报告,其中也讲到清队尾巴的问题,九姑妈前几天在里弄里听报告,也提到落实政策的问题。"(1972年5月7日,致李小棠)在另外一封信中,她仅仅稍稍地吐露了一点心绪:"你走了,家里立刻冷静多了,听不到你的歌声,颇有寂寞之感。"(1972年4月25日,致李小棠)还有做母亲的"絮叨":"盐李饼一包,盐金枣一包,这东西天热劳动时放在口里很好,五小包发酵粉,一包压缩酱菜(你吃吃,如好,将来可邮寄来),这些东西你或者都不喜欢,会怪我多事,那么原谅我吧,我只是一个普通的母亲。"(1972年4月25日,致李小棠)萧珊曾对友人感叹,他们一生最美好的青春时光都交给了战争,而他们最年富力强的中年岁月又遭遇了"文革",难怪给穆旦的信中,她感慨:"我们真是分别得太久了,你说有十七年,是啊,我的儿子已经有二十一岁了。少壮能几时!生、老、病、死是自然界的现象,对你我也不会有例外,所以你也不必抱怨时间。但是十七年真是一个大数字,我拿起笔,不知写些什么。"(1972年1月16日,致穆旦)其实,穆旦也在感慨岁月的严酷,那么快就让他们"年轻的灵魂裹进老年的躯壳"，尽管，他们都有着耀眼的才华，却似乎都逃脱不了时代的魔咒。

至于萧珊的译著，我不懂翻译，不敢妄评，但不妨引用几位作家、翻译家的话来说明萧珊在翻译上的成就。曹葆华，早年是一位诗人，后来长期从事马列经典著作的翻译，是位严谨的翻译家。巴金在1964年12月24日致萧珊的信中说："刚才曹葆华来，他患心脏病，在休养，用俄文对照读了你译的《初恋》，大大称赞你的译文。"①曾经协助鲁迅主编《译文》的黄源也曾对巴金说："她的清丽的译笔，也是我所喜爱的。……她译的屠格涅夫的作品，无论如何是不朽的，我私心愿你将来悉心地再为她校阅、加工，保留下来，后世的人们依然会喜阅的。"②(1973年7月1日,致巴金)穆旦也曾经写信给巴金："不久前有两位物理系教师自我处借去《别尔金小说集》去看，看后盛赞普希金的艺术和译者文笔的清新。……她的努力没有白费，我高兴她至今被人所赞赏。"③(1976年8月15日,致巴金)穆旦精通俄罗斯文学翻译，我想在这里他不仅仅是在转述两位读者的看法，也代表

① 巴金、萧珊:《巴金家书》,浙江文艺出版社1994年版,第552页。
② 《黄源文集》,上海文艺出版社2009年1月版,第6卷第4页。
③ 《穆旦诗文集》,人民文学出版社2006年4月版,第2卷第136页。

着他内心的评价。黄裳对萧珊译文的评价是:"她有她自己的风格,她用她特有的女性纤细灵巧的感觉,用祖国的语言重述了屠格涅夫笔下的美丽动人的故事,译文是很美的。"他还说:"我希望,她的遗译还会有重印的机会。"①

读《萧珊文存》,文字背后的故事也常常令我感动。1937年10月,当她第一篇作品《在伤兵医院中》在《烽火》上发表后,拿到第一笔稿费,她买了盏台灯送给了母亲。1953年当她第一部译作《阿细亚》出版后,她又用稿费给女儿买了一架钢琴。这让我看到了,在文字之外的她所扮演的角色。当然,对于这样一位善良、活泼又有才华的人的早逝更令人感叹不已。我也不由得发出和巴金先生一样的追问:"为什么偏偏她的面影不能在这里再现?为什么不让她看见活泼可爱的小端端?"(《再忆萧珊》)

2009年4月19日晚

(《萧珊文存》,巴金研究会策划、编辑,上海人民出版社2009年4月出版)

---

① 黄裳:《萧珊的书》,《黄裳文集》,上海书店出版社1998年4月版,榆下卷第172页。

后　记

　　本书有些文字曾经在《文汇读书周报》上的"余闲录"专栏中刊出过，2011年最后一天，我为这个专栏写过这样的小引：

　　　　夜深无尘喧，翻陶集，读到那首很熟悉的"少无适俗韵，性本爱丘山。"(《归园田居》其一)不免感触甚深，遂往后翻，又读《归去来兮辞》："世与我而相违，复驾言兮焉求？"我也在问自己，整日东奔西走，心为形役，究竟何求？"寓形宇内复几时，曷不委心任去留？胡为乎遑遑欲何之？富贵非吾愿，帝乡不可期。怀良辰以孤往，或植杖而耘耔。"古人说得多好！现代人的困惑多半在于始终没有弄清楚什么才是自己需要的。我本书生，至少也得守住书生本分，本分是什么？是"守拙归园田"。我的园田在哪里？就在书册之间，唯有徜徉其中，方有"久在樊笼里，复得返自然"的自由和快乐，那么还等待什么？"盛年不重来，一日难再晨"啊，旧岁又去，新年已来，我向往"户庭无尘杂，虚室有余闲"的日子，但很多东西不是别人赐予的，更重要的是你自己想过什么样的生活，人生不能总奔忙，生活当有余闲。

整整两年过去了，我渴望的"余闲"似乎并未出现，只能说很无奈。而生命就是由诸多这样的无奈和偶尔出现的惊喜组成，更多时候我们是在默默接受那些长久的无奈，而等待转瞬即逝的惊喜一刻。

好吧，据说有一种幸福叫等待，叫期盼。

2013 年 12 月 10 日凌晨